PROMESAS INCUMPLIDAS

Alejandra Balsa

PROMESAS INCUMPLIDAS

temas'de hoy. TH NOVELA

Primera edición: noviembre de 2012
Segunda impresión: diciembre de 2012
Tercera impresión: enero de 2013
Cuarta impresión: abril de 2013

El papel utilizado para la impresión de este libro
es cien por cien libre de cloro
y está calificado como **papel ecológico**

Promesas incumplidas, novela basada en *El secreto de Puente Viejo*, una serie de televisión creada y producida por BoomerangTV para Antena 3
Creada por Aurora Guerra
Supervisión de los contenidos del libro: Aurora Guerra
Escrita por Alejandra Balsa, a partir de la idea original de Aurora Guerra

Ediciones Temas de Hoy es un sello editorial de Ediciones Planeta Madrid, S. A.
Paseo de Recoletos, 4, 28001 Madrid
www.temasdehoy.es
www.planetadelibros.com
ISBN: 978-84-9998-217-5
Depósito legal: M. 32.571-2012
Preimpresión: J. A. Diseño Editorial, S. L.
Impresión: Unigraf, S. L.

Printed in Spain-Impreso en España

PRÓLOGO

Aquel invierno resultó muy frío, igual que lo había sido el anterior. Sobre un campo de un blanco cegador apenas se percibían las siluetas rechonchas de las copas de las encinas, tan inmaculadas como todo lo que las rodeaba. En esas condiciones nadie se aventuraba por aquellos caminos a menos que fuera estrictamente necesario. Tan solo una diligencia profanaba la nieve y dejaba tras su paso las huellas pardas y paralelas de su rodada. Dos pasajeros la ocupaban. Ambos, ensimismados en sus pensamientos y sentados frente a frente, no parecían conocerse. No se hablaban. Salvo la cadencia regular del carruaje, nada alteraba la paz. Ni el canto de un pájaro ni el susurro de un arroyo lejano. Aquel manto caía desplegando un denso silencio. En los vivos y en los muertos.

A la salida de una curva, uno de los pasajeros murmuró:

—Ahí asoman los tejados de Puente Viejo, Melquíades. Ya estamos en casa. —Raimundo Ulloa, que así se llamaba quien había hablado, lo dijo sin demasiado entusiasmo. Era un joven de dieciocho años, casi ya diecinueve; alto, bondadosamente atractivo, con ese porte de la gente noble cuyas familias no han padecido durante siglos ninguna necesidad.

Melquíades Chacón quizá tuviese la misma edad que Raimundo, pero su rostro, también agraciado, mostraba una mirada ciertamente viva y peligrosamente pícara. El interpelado se incorporó y miró por la ventana. Aquel valle, a lo lejos, era igual de blanco que el resto del camino, pero las siluetas ya no eran las rechonchas encinas, sino los tejados que se combaban bajo el peso de la densa nieve mientras dejaban escapar el humo por sus chimeneas.

Parecía que Puente Viejo había logrado escapar de la situación general de incertidumbre en todo el país. Dos inviernos seguidos con cosechas pobres habían extendido la hambruna en una España desordenada, atrasada e injusta, constantemente convulsionada por los vaivenes políticos que su reina no había sido capaz de sofocar y habían derivado apenas tres meses atrás en una revolución que la historia conocería como *la Gloriosa*, y con Isabel II exiliada más allá de las fronteras del que había sido su reino hasta aquel 1868. Olvidado de batallas y revueltas, aquel lugar que ahora atravesaban los dos jóvenes estaba alejado de todo. Callado y recogido en aquel valle, como en una crisálida, aparentaba ser inmune a cualquier desgracia.

Solo lo aparentaba.

—Aquella casa grande que ves a mitad de la ladera de la

colina es la de mi familia —pronunció Raimundo señalando con un leve movimiento del mentón.

—¿Y la grande del otro lado? Supongo que la de los Montenegro, ¿no es así? —inquirió Melquíades.

—¡Vaya! Veo que estás atento cuando te hablo —bromeó—. En efecto, esa es La Casona.

—Me lo has contado tantas veces que alguna debió de calar en mi cabeza. Siempre eres especialmente reiterativo con unos vinos delante.

—¿De quién lo habré aprendido? —dijo Raimundo socarrón.

—¿Lo de la reiteración? Del profesor Suárez, sin duda. Lo importante, lo del vino, de mí. La universidad no son solo los volúmenes, amigo mío.

—Cuento con tu discreción al respecto ante mi familia. Ya sabes cómo es mi padre. —Raimundo dudó por un momento si había hecho bien en invitar a Melquíades a acompañarle en aquel repentino viaje de vuelta a casa.

—Pierde cuidado. No le diré que te dormías en clase de Suárez por los efectos del morapio —le tranquilizó, y el otro respiró tranquilo.

Melquíades siempre era irónico. Su verbo afilado le sacaba de muchísimas situaciones embarazosas y le granjeaba otras tantas simpatías, sobre todo entre el sexo femenino. De no haber sido por él, puede que aquel tiempo de Raimundo en la Universidad de Salamanca hubiera sido más fructífero académicamente, pero desde luego habría resultado mucho menos interesante en lo que a vida social se refiere. Y le ayudó. Le ayudó en los malos momentos en los que, lejos de los suyos, estuvo a punto de quebrarse. Y en el peor de todos. El día en el que, tras varios meses sin recibir noticias de Francisca, tuvo que asumir al fin que ella le había olvidado.

El camino ascendía suavemente la colina hasta llegar a un arco de olmos. Plantados a ambos lados, los árboles juntaban sus copas sobre él formando un túnel de vegetación; en verano aliviaba el calor, pero con aquella nieve causaba cierta desazón. ¿Qué habría al otro lado? No tardaron en verlo.

La casa iba apareciendo tras el túnel poco a poco, y recortando su silueta de piedra gris sobre la blanca colina. Era la mansión de los Ulloa desde hacía dos generaciones. El bisabuelo de Raimundo, Avelino Ulloa, había huido de las nieblas de Galicia para casarse con Elvira Garcimuñoz, hija menor de un hidalgo castellano. Elvira no tenía ninguna posibilidad de título de nobleza o dote que lo compensara, pero su belleza era un argumento más que suficiente para Avelino. Se instaló en Puente Viejo y para no padecer en exceso los efectos de la morriña, y en homenaje al lugar de origen de su rancia estirpe, bautizó aquella casa con el nombre de la comarca de la que procedían los Ulloa: Traba. Un gallego puede abandonar Galicia, pero Galicia jamás abandona a un gallego, así que la casa que Avelino construyó para su esposa se hizo a imagen y semejanza de un pazo. Sobre la puerta principal, un escudo ajedrezado de quince piezas: ocho de oro y siete de gules, cargadas estas últimas de tres fajas de plata cada una.

Al acercarse a la casa, Raimundo notó que la nieve estaba más batida. Múltiples huellas de pisadas y carros formaban un barrizal ante la cancela de entrada y se extendían hasta la puerta del edificio. Desconocía a qué venía todo aquel ajetreo y, desde luego, le extrañó que su padre no le hubiera avisado en la carta que le escribió requiriendo urgentemente su presencia. Claro que si había omitido la razón del apremio para que Raimundo volviera a La Traba, bien podía haber obviado la del gentío que debía de encontrarse dentro de la casa.

Cuando entró, un murmullo procedente del salón le aclaró hacia dónde dirigir sus pasos, y seguido por Melquíades atravesó el recibidor. Las puertas estaban entornadas y al abrirlas, Raimundo hubo de pararse para reaccionar ante lo que acababa de ver.

Un brillante ataúd de caoba ocupaba un lugar central en el salón. Cerrado, pulido y rodeado de dalias y gladiolos blancos. El murmullo se había interrumpido y duró, suspendido en el aire, unos interminables segundos.

Raimundo buscó a su madre, pero no la encontró. Buscó a su padre y tampoco se hallaba entre los grupos de caras más o menos conocidas y que, vestidas de negro, le miraban aguardando su reacción. Preguntar qué restos contenía aquel ataúd que descansaba en el salón de su propia casa le resultaba incómodo y desde luego fuera de lugar. Al principio temió por su padre; por su madre al segundo siguiente.

Y entonces la vio. Cambiada. Bonita, incluso vestida de negro. Ya no era la niña que se empeñaba en vestir pantalones porque eran más cómodos para cabalgar, o que se recogía aquel pelo ondulado y negro de cualquier manera que no le molestara para trepar a los árboles. Era una joven atractiva, de aspecto cuidado. Elegante. Lo único que no había cambiado era su mirada: altiva, limpia y rebelde. Él la habría reconocido entre todas las miradas del mundo. Todos los recuerdos, todas las preguntas se agolparon en sus labios al verla.

—Francisca —murmuró, dirigiendo hacia allí sus pasos.

Ella mantuvo su mirada unos instantes, pero cuando a Raimundo le faltaban unos metros para llegar a su altura, Francisca se giró en un gesto de desprecio y fingió que retomaba una conversación con Eduvigis, su hermana, la joven que estaba a su lado. Él casi pudo tocarla, pero se quedó mudo y quieto ante aquel gesto, en el centro de la habitación y de las miradas. Con el mismo peso de los recuerdos, pero con una pregunta más sumada a las que esperaban respuestas desde que abandonó Puente Viejo para estudiar en Salamanca.

I

—Llegará para la Nochebuena, Esperanza, antes no. No estará hecho hasta ese día. Para esa fecha aportaré por aquí para atenderte, pero descuida, todo está en orden, niña.

Eso había dicho la partera muy segura dos días atrás y después de examinar a la embarazada, aunque la tata Leonor no quedó muy convencida de ese plazo. Intuía que aquel parto se adelantaría. La luna estaría llena para la segunda semana de diciembre y ella sabía bien que la luna llena trae los partos, así que bajó a la cocina y comenzó a preparar lo necesario para un alumbramiento que estaba segura de que se produciría aquella noche.

En ello se encontraba cuando escuchó cómo la voz de Enrique Montenegro pronunciaba a gritos su nombre. Limpiándose las manos en el mandil salió a la puerta de la cocina y vio a su amo, sofocado, portando en brazos a su esposa, que respiraba acelerada.

—Tata, que esto ya viene —dijo la mujer jadeando, sin demasiado drama.

Esperanza, *la Brava* —pues así la llamaban en el pueblo—, no era exactamente una mujer tranquila, sino corajuda, valiente y resistente. A sus veintiséis años, este era ya al fin y al cabo su tercer parto, y el tercero también de la tata en aquella casa, por eso tenía esa calma de las mujeres pegadas a la tierra cuando van a parir. Quien parecía incapaz de mantener la tranquilidad era Enrique. Subió las escaleras hasta la habitación principal y tendió a su mujer en la cama. Ya estaba todo preparado: toallas, una jofaina de porcelana, las almohadas perfectamente colocadas...

—Ya he mandado a buscar a la partera y al médico también, don Enrique —informó Leonor.

—¿Al médico? ¿No vale con la partera?

—No sé si la encontraremos, ni si llegará a tiempo, señor —dijo mientras acomodaba a su ama en las almohadas.

—Pero si la partera dijo que venía para Nochebuena... ¿No dijo eso, tata?

—Eso dijo, pero esta niña quiere venir al mundo ya.

—¿Niña?

—Sí, niña, señor. Y más vale que salga de la habitación —dijo mientras empujaba suavemente a Enrique hacia la puerta—. Lo que pase aquí ya es cosa de mujeres.

Ante una nueva contracción, Esperanza lanzó un grito desgarrador.

—Pero, tata, que esto se adelanta —balbuceó nervioso—. Que cabe la posibilidad de que haya problemas. Y le duele. —La obviedad de aquella afirmación hizo sonreír a Leonor.

—Sí, señor. Es que está pariendo. Las mujeres paren desde que el mundo es mundo y siempre con dolor. —Volvió a empujarle hacia la puerta—. Y casi siempre sin hombres.

—Pero, tata…

—¿Quieres salir ya de una buena vez, Enrique, por Dios? —dijo Esperanza aguantando un nuevo grito.

—Me voy, me voy… ¡Qué carácter!

Cuando Enrique Montenegro salió al pasillo, Miguel y Eduvigis estaban sentados apoyados contra la pared, expectantes ante todo lo que pasaba tras aquellas puertas.

Miguel era el mayor, el varón, el heredero de la fortuna Montenegro. Era un niño guapo, de cuatro años, con un pelo oscuro y ondulado, y listo «como los ratones coloraos», según decía de él la tata Leonor. Eduvigis era, hasta entonces, la pequeña. Tierna y coqueta, apenas tenía dos años y ya apuntaba maneras de seductora caprichosa. Buscaba la atención de su entorno con constancia y con unas armas de mujer tan perfectas que solo podían ser instintivas.

—¿Ya viene la hermanita, padre? —preguntó Miguel.

—Sí, hijo mío. ¿Hermanita? —preguntó Enrique—. ¿Por qué hermanita?

—Lo ha dicho tata Leonor —aseveró Miguel—. Se lo preguntó a un anillo.

—Esta mujer y sus brujerías —dijo Enrique mientras se encaminaba hacia las escaleras que conducían a la planta baja. Al llegar a ellas se volvió y ordenó a sus hijos—: ¡Vamos abajo! ¡Los dos!

Eduvigis se levantó corriendo, pero Miguel se quedó en su sitio, negando con la cabeza.

—Como quieras, cabezota. Edu y yo vamos a ver qué nos da Marcelina para cenar. Si llega el hermanito, corres a buscarme.

—La hermanita —corrigió Miguel.

Otro grito de Esperanza asustó a Enrique, pero recordó lo tajante de la orden de la tata y optó por seguir su camino hacia la planta baja.

Tata Leonor había llegado a La Casona cuando era muy pequeña, apenas con once años, para servir como pinche de Marcelina, la cocinera de La Casona. Llegar a Puente Viejo desde su aldea de La Cañada le costó cinco días de viaje con diferentes carreteros, pero la única salida hacia un futuro mejor en aquel lugar de apenas diez casas era marcharse. Había salido de su hogar con un hatillo de ropa y había buscado quien pudiera acercarla a su destino. Cuatro veces cambió de caravana y la última la dejó a dos leguas de Puente Viejo, adonde no tuvo más remedio que llegar a pie. Cuando Miguel Montenegro vino al mundo, ella pasó de la cocina a desempeñar labores de niñera. Su carácter tierno y la poca diferencia de edad con Esperanza, el ama de la casa, las hicieron confidentes y fraguaron una amistad cuyo necesario límite lo imponía más la diferencia social que la falta de afecto mutuo entre las dos mujeres. Leonor cuidó a los hijos de su señora como si fueran propios y ahora lo haría con aquella niña que pugnaba por salir al mundo.

El parto se prolongaba. Esperanza empujaba en seco y se debilitaba, y ni la partera ni el doctor Salinas llegaban, pero Leonor sabía qué hacer: ató alrededor del muslo de su señora una ramita de romero, remedio infalible para facilitar el parto, y Esperanza empujó en un supremo esfuerzo hasta que asomó la cabeza de su vástago. Aquel fue su límite y, agotada, quedó inconsciente. Leonor acabó de sacar a este mundo a Francisca Montenegro. Apenas miró la cara de la niña: depositó a la recién nacida junto a su madre y se ocupó de lo urgente. Estaba centrada en ayudar a Esperanza a expulsar la placenta cuando aquella niña, cubierta de sangre y líquido amniótico, rompió a llorar por sí misma, sin los azotes de rigor, para anunciar que a pesar de todo había venido para quedarse.

—¡Vaya! ¡Venimos brava! Como tu madre… —le dijo Leonor con una sonrisa en la boca.

Al escuchar el llanto de su hermana, Miguel entró sigilosamente en la habitación mientras Leonor seguía en su faena, ajena a la presencia del niño. Se ocupó de hacer respirar unas sales a Esperanza, que volvió en sí, y solo entonces la tata pudo ocuparse de lavar a la recién nacida, que no había dejado aún de llorar con toda la fuerza de sus pequeños pulmones.

—Pero ¿qué andas haciendo aquí, zascandil? —dijo al ver a Miguel, que había estado contemplando la escena con ojos de búho real—. ¡Zape, zape! Este no es sitio para un niño.

—Quiero saber si es una niña. Padre no se lo cree. —Miguel se puso de puntillas para ver la cara de su hermana, que seguía llorando en brazos de la tata—. Pues no sé si tiene cara de niña.

—Sí, la cara es de niña. Anda a buscar a tu padre para que suba a verla.

—Yo se la llevo —dijo tendiendo los brazos.

—¿Tú? Pero si eres un comino.

—Tráemela, Miguel —pronunció Esperanza—. Con cuidado. Y luego bajas a buscar a padre.

Así, el primer abrazo que recibió Francisca en su vida fue el de su hermano Miguel, que no tuvo necesidad de bajar a buscar a su progenitor. Por la puerta asomó la cara de Enrique Montenegro, y la tata asintió con un leve gesto de cabeza autorizándole a entrar.

El dueño de La Casona era un hombre duro, montaraz, pero en cada parto de su mujer era incapaz de controlar sus nervios y sus miedos. No temía por el recién nacido, a pesar de que Esperanza hubiera tenido tres malos embarazos después del nacimiento de Miguel y hasta que concibió a Eduvigis. Lo que realmente le aterraba era la posibilidad de que algo le sucediera a su esposa.

Ella tenía hechuras de buena paridora. Era una real hembra: alta, guapa, de pechos y caderas generosos y con un pelo ondulado, tan negro que parecía azul marino. Todo ello fue lo que atrajo a Enrique desde el primer momento, cuando la vio con una cesta en la cadera en la plaza de Puente Viejo. Ella apenas tenía dieciocho años y Enrique sabía que trabajaba para los Ulloa en La Traba, pero aun así no dudó en abordarla. Esperanza se sintió halagada en principio por que el hijo de los Montenegro se hubiera fijado en ella, pero la vanidad de ella y la atracción física de él acabaron transformándose en una complicidad y un verdadero amor que hicieron de sus tres años de noviazgo algo casi mágico, apasionado e inusual. Tanto que ninguno de los dos pudo esperar a la bendición del cura para consumar su relación: Miguel nació a los siete meses de la boda. Y no fue precisamente un niño prematuro.

Esperanza había sido una buena compañera. No cayó en la tentación de convertirse en despiadada señora, y con esa serenidad que da la inteligencia, ayudaba a su marido a sacar adelante la finca y organizaba la casa y la llenaba de alegría. Enrique bendecía todos los días su fortuna por haber encontrado a aquella mujer.

Claro que él no era el único mozo que había rondado a Esperanza. Ramón Ulloa también revoloteaba a su alrededor. Podría haber sido un buen candidato, pues su fortuna era incluso mayor que la de Enrique, pero la joven sabía qué quería Ulloa, y no era precisamente ponerle un anillo en el dedo. Ramón, como todo macho cazador, reforzó sus intentos cuando supo de la relación de Esperanza con Enrique. Hasta que un día Montenegro se cansó y fue a buscarlo a La Traba.

—Te espero esta tarde en la Finca del Río, Ramón Ulloa. Vamos a solucionar esto de hombre a hombre. —Y con la misma brusquedad con la que había entrado, se giró para marcharse—. No te apures, no necesitas padrinos. Solo tú y yo —pronunció mientras salía de la casa.

A la caída de la tarde se encontraron, efectivamente, en la Finca del Río. Enrique ya esperaba con el caballo atado al tronco de un nogal. Ramón bajó del suyo y nada más girarse, Enrique le asestó un puñetazo tremendo a la mandíbula, seguido de otro al estómago que lo dejó sin respiración y tendido en el suelo.

—¿Lo dejamos aquí y nos tomamos unos chatos, o quieres que sigamos? —preguntó Enrique.

Cuando Esperanza entró en la taberna con la cara desencajada, buscando a su novio, los encontró a los dos bebiendo; Ramón, con un ojo hinchado. Ambos le contaron lo que había pasado mientras ella escuchaba la historia con paciencia y los brazos en jarras, y cuando hubieron acabado el relato, no demasiado conexo por efectos del vino, le dio una bofetada a Enrique, se giró y se fue. De su boca solamente salió una palabra: «¡Botarate!».

—¿Se ha enfadado? —preguntó Ramón.

—Eso parece —dijo Enrique encogiéndose de hombros. Y ambos siguieron bebiendo hasta bien entrada la noche.

Tres días pasaron hasta que Esperanza consintió en volver a ver a Enrique. Los mismos que él estuvo preguntándose qué había hecho mal para que ella hubiera desaparecido de aquella manera. Hasta que una tarde, Esperanza fue a La Casona.

—¿Acaso soy tu mujer para que andes retando al de Ulloa? ¿Te he pedido yo acaso que me defendieras, Enrique Montenegro? —dijo enfurecida.

Enrique sonrió y por toda respuesta dijo:

—Cásate conmigo.

Llevaban juntos desde entonces, y el tiempo no había templado ni su amor, ni su genio. Ahora, ese carácter explosivo de la Brava era el mismo del que aquella recién nacida daba muestras. Tata Leonor pensó que alguien que viene al mundo y llora sola, con esa fuerza, solo puede ser una superviviente. Y además, había nacido con la luna llena. Aquella niña podía no heredar los bienes de la familia, pero desde luego el mote de su madre podría atribuírsele sin ninguna duda.

Con este principio, nadie de la casa se extrañó cuando Francisca empezó a caminar con ocho meses, sin siquiera haber gateado. O cuando aprendió a ponerse de puntillas para abrir la puerta y escaparse por la finca cuando apenas levantaba unos palmos del suelo. Prefería la compañía y los juegos con su hermano a las muñecas de Eduvigis, lo que fue alimentando en la hermana mediana un sentimiento de resquemor. Ella esperaba una compañera de juegos, ya que Miguel tenía a su padre, pero su ilusión se vio frustrada por el carácter indómito de Francisca. También era cierto que nadie estimó necesario controlar a aquel potro durante los primeros años de su vida, así que Francisca creció libre y feliz en un hogar casi perfecto.

Los Montenegro eran gente de campo. Enrique no se planteó en ningún momento alterar la forma de vida que su familia había llevado desde hacía años. Gestionar sus fincas, cultivar la tierra, arrear el ganado. Era cierto que poseían una importante fortuna amasada con el trabajo de los jornaleros, pero también lo era que la llegada a la casa de Esperanza contribuyó a disminuir las diferencias entre los sirvientes y los señores. Así, para ella no suponía ningún problema que Francisca y Miguel corretearan con los hijos de los braceros. Si alguna vez Enrique emitía alguna queja al respecto de la mezcla de clases, su mujer la acallaba en el acto.

—¿Te olvidas de dónde vengo yo? —decía, sin renunciar nunca a sus raíces—. Mi padre era un bracero de la finca Ulloa. ¿Se te ha olvidado?

Ella sí que no lo había olvidado. Esperanza era mujer de hechos y no de palabras y pensó que un bracero podía ser un bracero, como decía su marido, pero que saber no le haría mal a nadie, así que convenció a Enrique para poner una pequeña escuelita en La Casona. Ella se encargaría de las primeras letras y de las primeras cuentas, mientras fueran pequeños. Cuando su saber no alcanzara, ya vendría un maestro a continuar su labor. Presta, mandó adecentar uno de los graneros y reunió a todo el chiquillerío de la casa. Allí aprendieron Miguel y Eduvigis junto con los otros niños de la finca. Y en un capazo estaba Francisca muchos de los días, mientras su madre enseñaba los fundamentos del álgebra. Claro que en cuanto empezó a andar, aquel capazo resultó un elemento completamente inútil y acabó arrinconado.

Podía asegurarse sin miedo a errar que el matrimonio Montenegro era una pareja feliz y bendecida. Tras muchos años, la llama que alumbraba la unión de Esperanza y Enrique seguía viva. Buscaban y conseguían momentos de intimidad y perseguían los mismos sueños. El fundamental era un lugar, una casa cerca del agua. Aquel lugar era la Finca del Río.

En sus paseos por aquellos montes, Esperanza soñaba con una casa luminosa donde escuchara el fluir del agua, y Enrique, con extensos campos de regadío y jornadas de caza por los bosques. Aquella Finca del Río era la más grande de Puente Viejo. En su lado oeste se alzaba un convento o más bien su esqueleto calcinado: los franceses lo habían quemado en su avance hacia el sur durante la guerra de 1808 y los monjes que habían sobrevivido al incendio abandonaron el lugar y buscaron refugio en Salamanca. Toda la finca —con sus bosques, su río y su buena tierra— quedó abandonada, aunque la orden siguiera siendo su propietaria. Aquel convento quedó como lugar de leyendas y aparecidos y poca gente se aventuraba entre los restos de sus paredes.

Con ella soñaban los Montenegro y transmitieron ese sueño a sus hijos, que tenían la finca como su lugar favorito de juegos. Pero a veces los seres humanos deberíamos tener cuidado con lo que soñamos, porque es posible que, para nuestra desgracia, se cumpla.

2

Por aquellos años —mediada ya la década de 1850—, el país intentaba dar los primeros pasos titubeantes hacia una modernización que desde el pasado siglo llevaba desarrollándose en el resto de Europa. Ramón Ulloa, quizá por una cierta propensión genética a olfatear las posibilidades de cualquier negocio, vio enseguida la oportunidad que la desamortización llevada a cabo por el ministro Madoz podía suponer para su familia. La ley Madoz había liberado tierras que ahora eran propiedad del clero y aquello, visto que el ferrocarril empezaba a poner los primeros caminos de hierro por la geografía española, era una oportunidad para engrosar su ya importante fortuna. La Finca del Río fue así objeto de deseo también de Ramón Ulloa, pero no por su carácter simbólico, sino por su riqueza de bosques, y la posibilidad de explotación de los yacimientos de hierro que el padre Clemente decía que había en las laderas de sus montañas.

Sin embargo, Ulloa no era solo un hombre de negocios. De hecho, lo era porque no le había quedado más remedio. En realidad, sus pasiones eran la literatura, el arte y la filosofía; y todo su anhelo de futuro, ser catedrático de Leyes en Valladolid. Casi lo había conseguido, pero la muerte de su padre le obligó a volver a Puente Viejo para hacerse cargo de la explotación del patrimonio familiar en el pueblo y sus alrededores. Así, sus sueños de una vida dedicada al estudio quedaron frustrados, y su carácter agriado, como se agrian aquellas personas a las que se les niega lo que puede hacerles realmente felices. Regresó recién casado con Isabel de Gormaz, y ese regreso que para él era amargura —la que le suponía el abandono de su vocación—, para ella fue el camino hacia una parcela de poder en el pueblo que nunca habría poseído en Valladolid. En Puente Viejo era la mujer del más poderoso terrateniente de la comarca, mientras que en la ciudad sería solo la esposa de un posible doctor en Leyes, un posible heredero. Isabel, mujer práctica, prefería ser cabeza de ratón en Puente Viejo que cola de león en Valladolid.

Ramón había conocido a su esposa en Salamanca, durante sus estudios en la universidad. Ella era la única hija del marqués de Gormaz, un noble salmantino que consiguió dilapidar su patrimonio en el juego y en juergas. Habían llegado a tener manzanas enteras en la capital salmantina, decían, pero cuando Enrique la conoció, la familia poseía poco más que el título, una casa en Salamanca y una finca en la sierra de Francia. Isabel era bella, delgada, casi transparente, de tez pálida y ojos claros. No era, desde luego, una inculta, y Ramón supo que aunque no se casaba con una mujer propensa a los arrebatos de la pasión —Isabel tenía esa parquedad en los sentimientos de las castellanas de raíz—, sí podría mantener largas conversaciones sobre temas filosóficos. Y del mismo modo que aceptó renunciar a su sueño, agachó la cabeza ante un matrimonio que sabía aburrido pero estable.

Puede que fuera por una vuelta a sus raíces o porque descubrió que esa era la forma de pasar más tiempo alejado de su esposa y de su rigidez en las normas, pero desde que había vuelto a Puente Viejo, Ramón había desarrollado cierto gusto por la vida de campo. Frecuentaba La Casona de los Montenegro y gustaba de la caza y de su recuperada amistad con Enrique. Y estaba Esperanza, espléndida en su avance hacia la madurez, por la que conservaba una admiración que no pasaba del mero deleite visual, pues si en algún momento esto hubiera ido a más, el recuerdo de los puñetazos de Enrique le hubiera traído a la mente la conveniencia de no traspasar ciertos límites.

Por su parte, Isabel de Gormaz nunca frecuentó La Casona. Esperanza no era de su agrado. No podía serlo una mujer a la que consideraba solamente una advenediza. Habría parecido natural que las dos señoras de las dos familias más poderosas de Puente Viejo llegasen a un cierto nivel de amistad, pero Isabel cerró esa puerta desde el principio y le puso un candado doble el día que se enteró de que su marido había rondado en algún momento a la «tal Esperanza», como siempre se refería a ella. Por eso no le gustaba que él frecuentara la casa de su amigo Enrique y desde luego evitaba en la medida de lo posible acompañarle cuando lo hacía.

Quienes sí le acompañaban eran sus hijos: Críspulo, el mayor, y Raimundo, el benjamín. Cada uno de ellos parecía hecho a imagen y semejanza de sus progenitores. Críspulo era como su madre, rubio, de ojos claros, delgado y tranquilo; y Raimundo, a pesar de su corta edad, prometía ser un claro Ulloa, un chico alto para su edad, moreno y fuerte. Si Críspulo era callado, Raimundo era un terremoto. Por eso no fue de extrañar que enseguida estableciera una conexión especial con Miguel Montenegro, que apenas le sacaba dos años, algo menos de lo que él mismo a Francisca. La pequeña era el único elemento que, de vez en cuando, Miguel y Raimundo admitían en sus aventuras campestres, en las que, por otra parte, ni Críspulo ni Eduvigis tenían el más mínimo interés.

Aquella de junio de 1855 fue una de tantas tardes en las que Ramón llegaba montado en su caballo con sus dos pequeños delante de él. El primero en bajar, pegando un salto, siempre era Raimundo, que corría a buscar a Miguel. Críspulo, en cambio, esperaba a que su padre hubiera bajado para que le tendiera los brazos y poner el pie en el suelo.

—¡Ah de la casa! ¿Alguien da de beber a este hombre sediento y a sus hijos? —decía con voz potente, mientras Rafael, el capataz, se llevaba su caballo a los establos.

Las charlas entre Ramón y Enrique versaban sobre los temas más diferentes. Esperanza mostraba interés mientras se trataran temas livianos y relativos a Puente Viejo, o incluso si Ramón hablaba de alguna novela de reciente publicación, pero admitía su aburrimiento en lo que a temas de política se refería, y es que los vaivenes políticos de aquel reinado de Isabel II constituían un galimatías para la mayor parte de una población cuyo índice de analfabetismo era importante. Esperanza no lo era, en absoluto, pero aunque comulgara con algunas de las ideas de igualdad y progreso social que Ramón defendía, a menudo las tareas domésticas constituían un pretexto para abandonar la compañía de los hombres cuando la conversación devenía farragosa.

Allí se quedaban ellos dos. Ramón intentando inculcar en Enrique algo de su sentido del progreso y este escuchando, pero sin acabar de ver qué mejor forma de vida podía haber que explotar sus campos con sus braceros y cuidar de su ganado.

Mientras los padres hablaban, las excursiones vespertinas de Miguel y Raimundo siempre tenían el mismo objetivo: la Finca del Río. Seguidos por Francisca, salían por la puerta trasera de la casa siempre con el mismo protocolo: la pequeña los seguía y su madre corría tras de ella y la levantaba en brazos, dándole pequeños mordiscos en la barriga y provocando sus risas.

—Pero ¿tú dónde vas, zascandil? —decía mientras acomodaba a su hija en la cadera y caminaba con ella hacia la casa bajo la atenta mirada de Enrique y Ramón. Lo que al principio era un deseo real de seguir a su hermano en sus correrías acabó siendo un ritual que la pequeña provocaba para atraer el cariño de su madre.

A Enrique no se le escapaban las miradas de Ramón, pero tan seguro estaba de lo inofensivo de aquellas que nunca hizo ningún gesto que no fuese una sonrisa condescendiente o algún comentario socarrón.

—Está alta mi Francisca, ¿verdad, Ramón?

Y Ramón sonreía, consciente de que lo habían pillado en falta, pero también sabedor de la comprensión de su amigo.

—¿Vas a optar a alguna de las tierras de la desamortización, Enrique? —dijo aquella tarde para cambiar el tema—. Es una buena oportunidad de ampliar tu patrimonio.

—Podría, en verdad. Las cosas no han ido mal en estos

años. Esta pequeña parece haber traído un pan bajo el brazo.

Esperanza se acercaba con la niña de dos años y medio cargada a la cadera y escuchó la conversación.

—¿Cómo es eso, Ramón? —preguntó mientras se sentaba y ponía a Francisca en su regazo.

—El ministro Madoz pone a la venta las tierras propiedad de ayuntamientos y del clero, Esperanza. El gobierno necesita dinero para la construcción de una red de ferrocarriles, y esa es la mejor opción.

—¡Compremos la Finca del Río, Enrique! —dijo entusiasmada ante la oportunidad. Tanto que no se dio cuenta de la sombra que pasó por los ojos de Ramón. Enrique, en cambio, sí la percibió—. ¿Sabes? Quiero una casa para mis hijos al lado del río y que Enrique pueda cazar en su campo —proseguía soñadora, dirigiéndose a Ramón.

—Esa finca vale para más que para una casa, mujer —dijo Ramón—. Esa finca es un negocio.

—¿Negocio? Ramón, por Dios. ¿Qué negocio? Es un lugar precioso. ¿Qué vas a hacer? ¿Construir una de tus fábricas?

—Puede que sí, Esperanza. Es el progreso. Este país necesita fábricas y no lugares poéticos o no saldremos nunca de nuestro atraso.

—Pues sácalo de su atraso con otra tierra —dijo airada—. No con esa finca. Siempre has sabido que era mi sueño, el de Enrique, y ahora la quieres para talar los árboles, ¿verdad? Porque eso es lo primero que harás. Estoy segura.

Enrique contemplaba aquel enfrentamiento con una tranquilidad pasmosa. Era cierto que Esperanza estaba acostumbrada al temple de su marido. Siempre tenía esa sensación de que la miraba en sus ataques de ira igual que un padre mira a un hijo que da sus primeros pasos, conociendo exactamente dónde va a tropezar, pero dejándole que cometa sus propios errores, que desde luego nunca va a consentir que sean fatales. Con todo, aquel día esa calma exasperaba a Esperanza. Ella no era una mujer pedigüeña: no exigía vestidos ni joyas, trabajaba en la finca, cuidaba a sus hijos y a su marido desde el alba hasta el ocaso, y no reclamaba cosas para sí. Sin embargo, aquella finca no era un capricho: era un sueño compartido. Y ahora veía que se perdía y su marido no abría la boca. Lo miró interrogante, casi implorando una defensa, pero Enrique seguía hierático. Así que sin decir palabra, se levantó, volvió a coger en brazos a la niña y se fue.

—Déjala, Ramón —dijo ante el ademán de su amigo de ir tras ella—. Luego la templo. Ya sabes cómo es.

Como no podía ser de otro modo, esa noche la cena transcurrió en un tenso silencio. Casi no se oía el ruido de las cucharas al coger la sopa. Esperanza, como los niños, no alzaba los ojos de su plato, del que comía poco a poco, sin ganas. Hasta que no pudo más y se levantó de repente. Entonces, la mano de Enrique sujetó firmemente su brazo y la obligó a sentarse de nuevo.

—Quieta ahí —dijo lacónico. Y sin esperar respuesta, se puso en pie y salió del comedor para volver a los pocos segundos con una carpeta cerrada con una cinta azul. La depositó en la mesa, a la derecha de Esperanza y siguió comiendo.

Ella acarició la carpeta y lo miró interrogante.

—Ábrela, mujer. ¿No es la mejor manera de saber lo que hay dentro?

Así, deshizo el nudo y leyó los papeles que encontró en su interior. Enrique dejó de comer para mirar atentamente el viaje que el rostro de su mujer haría cuando leyera el contenido de aquella carpeta. Aquel rostro sombrío comenzó a iluminarse por momentos, aquellos ojos comenzaron a sonreír y la definitiva ráfaga de arrepentimiento se reflejó en el ligero mordisqueo del labio inferior. Conocía ese viaje perfectamente, tantas eran las veces que lo había visto. Aquella carpeta contenía la escritura de propiedad de la Finca del Río a nombre de Enrique Montenegro y de Esperanza Balmaseda.

—Pensaba esperar a nuestro aniversario de boda, aunque no creo que pudiera aguantar esa cara hasta entonces —pronunció él con media sonrisa. Y aquel enfado acabó como casi todos los enfados de Esperanza: abrazando a su esposo y disculpándose por su ira.

Pero lo cierto era que aquella pequeña victoria de los Montenegro sobre los Ulloa trajo momentos tensos entre las dos familias. Tras enterarse, Ramón dejó de acudir a La Casona y los únicos lazos que se mantuvieron unidos —muy a pesar de Isabel— fueron los de Miguel y Raimundo con el agregado de Francisca, que con la edad veía aumentar el perímetro de sus aventuras lejos de las sayas de su madre.

Poco tiempo después, Enrique Montenegro dio comienzo a las obras de la Finca del Río.

3

Para Francisca, aquel otoño estaba siendo mortalmente aburrido: las lluvias habían mermado mucho sus posibilidades de salidas al campo. Para Eduvigis, que había crecido siendo mucho más casera que sus hermanos, aquella obligación de quedarse en casa no suponía ningún problema. Mientras ella disfrutaba con sus muñecas, Miguel y Francisca se sentaban frente a frente en el alféizar de la ventana del salón a ver caer la lluvia, anhelando un claro que les permitiera escaparse.

Pero aquello parecía no tener fin. Llovía con tal rabia que se diría que se iba a acabar el mundo. Llovía como si al cielo no le importara que aquí abajo, en la tierra, hubiera seres que padeciesen el rigor de aquellas riadas que caían día tras día. Los ríos se desbordaban, arrasaban cosechas y arrastraban lo mismo ganado que personas. La Finca del Río fue una de las muchas en Puente Viejo que sufrieron los rigores de aquella furia de los elementos. Después de una primavera seca y de un verano de infierno durante los que la gente del campo levantaba su vista implorante, pidiendo la lluvia, su deseo se cumplió. Para su desgracia. Y aquellas aguas anegaron unas cosechas que ya de por sí preveían pobres.

El trigo de los Montenegro se pudrió en los campos que más parecían arrozales. La crecida del río ahogó muchas de sus cabezas de ganado. Las obras para la construcción de la nueva casa hubieron de interrumpirse ante la inclemencia y resultaron seriamente dañadas por la violencia del agua, que afectó incluso a los cimientos. Y encima, la economía de la familia había visto mermadas sus reservas de dinero de resultas de la adquisición de la nueva Finca del Río. Parecía que Dios ya no amparara a los Montenegro, y aquel cielo gris era como el futuro que Enrique veía para su familia.

Tras un otoño de riadas, el invierno tampoco perdonó y fue despiadado. Puente Viejo quedó aislado por la nieve y al colmado no llegaba el abastecimiento habitual. El pueblo no daba abasto para recoger las oleadas de braceros que llegaban en busca de refugio y caridad, así que el padre Clemente pidió ayuda a las dos familias importantes.

Si ya las estrecheces se habían instalado en La Casona, ahora aumentaron con la caridad de la familia. Esperanza no tenía valor para negar un trozo de pan a los braceros que acudían pidiendo un jornal a cambio de un trabajo de cosecha a todas luces innecesario. Ni tampoco para negarles un techo. De todas formas, los barracones que ocupaban en época de labor iban a estar vacíos, así que bien podían acoger a alguna familia necesitada. Sin embargo, hasta las mejores voluntades tenían un límite.

A oídos de todo el pueblo pronto llegaron las noticias de las dificultades de los Montenegro. Por supuesto, también a oídos de Ramón Ulloa, a quien la pérdida de la Finca del Río le estaba suponiendo serios desencuentros con su socio, Josechu Arriaga, que contaba para los negocios de ambos con las materias primas procedentes de aquella tierra. Josechu era hombre decidido y, al contrario que Ramón, no tenía nada que lo detuviera en su camino hacia la riqueza. Jamás contemplaba el fracaso como opción y estaba seriamente convencido de que podía comprar todo cuanto necesitara; solo era cuestión de acordar el precio, aunque este no fuera siempre dinero, como se había ocupado de dejarle muy claro a Ramón cuando negociaron el precio de su entrada en la sociedad con la que se enriquecerían en el negocio del ferrocarril:

Querido socio y amigo:

No es sin gran pesar que recibo tus noticias sobre la pérdida de la Finca del Río a manos de un labriego, que son, como tú y yo sabemos, los responsables del atraso de este nuestro país. Presumo que entenderás que esto supone un serio obstáculo en la cristalización de nuestros planes de negocio, pues no oculto que esa finca era parte esencial de tu aportación al negocio de los ferrocarriles, como la mía han sido los contactos políticos para conseguir la adjudicación del aprovisionamiento de materiales. Confío en que tus escrúpulos no te impidan encontrar una pronta solución al tema o me sentiré obligado, en aras de la bonanza de mis inversiones, a buscar otros socios más decididos a trabajar por el progreso de España.

Tuyo afectísimo,

Josechu Arriaga

La solución vino, creyó Ramón Ulloa, de manos de aquel revés del destino para los Montenegro. Después de varios meses sin frecuentar La Casona, Ramón se presentó la misma tarde en que recibió la misiva de Arriaga, desafiando a un frío viento cargado de nieve. Esperanza lo vio llegar y enseguida sospechó a qué venía, así que cuando oyó la puerta fue ella misma a abrir, sin esperar a que Leonor acudiera desde la cocina.

—Enrique está en el despacho. Pasa.

Montenegro estaba volcado sobre unos libros de cuentas y su expresión no era precisamente relajada. Llevaba horas haciendo números, pero no conseguía hallar una salida a aquel momento de penuria. Ramón le habló sin preámbulos.

—Yo puedo ayudarte, Enrique —dijo mientras se sentaba frente a su amigo.

—Ya sé yo cómo quieres ayudarme. Y tú sabes cuál es mi respuesta.

—Maldito cabezota. ¿Consentirás en arruinarte antes que dar tu brazo a torcer?

—¿Quién ha dicho que estoy arruinado?

—Todo el pueblo lo sabe, Enrique. Demasiada caridad, y la caridad trae la peste.

—Las dificultades no duran eternamente —afirmó Enrique, no demasiado convencido.

—Puede que más de lo que piensas. Este país anda muy atrasado. Los dos lo sabemos. Y lo que puede sacarlo de su atraso es la industria y no el ganado.

—A ver cómo te lo explico, Ulloa. Esa finca es más que un trozo de tierra para enriquecerse. Es el sueño de mi mujer y el mío.

—¿La quieres para no explotarla?

—Exacto. La quiero para dejarla como está. Tú la quieres para arrasarla.

—Sabía que eras un soñador, pero no tanto —dijo el otro con sorna.

—Llámame lo que quieras, pero no la tendrás, Ramón. Es mi última palabra.

—Si cambias de opinión, ya sabes mis condiciones.

—No cambiaré. Se lo puedes asegurar a tu socio. Que tengas un buen día.

Con los meses, en La Casona empezaron a escasear las reservas de alimentos. Habría podido aguantarse el duro invierno si las únicas bocas que alimentar hubieran sido las de la familia, pero había demasiadas otras que dependían de ellos, de su caridad. Y esta acabó por no ser suficiente.

Así que una tarde Esperanza se ciñó su mantón y atravesó el patio hasta los graneros. El frío era tan intenso y pesaba tanto que costaba respirar, y la nieve tan espesa que caminar en plano era como subir una montaña. Pero tenía que decirlo. Tenía que decirle a aquella gente que ya no podían seguir viviendo de su caridad. Ella había sido la responsable de haberlos acogido y ella debía solucionar aquello.

El espectáculo que vio al entrar al edificio era desolador: varias decenas de personas se hacinaban huyendo de la nieve; los niños extrañamente quietos, pegados a sus madres; caras afiladas, sin apenas piel y con la triste mirada de los derrotados. Y ese olor. Un tremendo olor a podrido, a falta de aire y de higiene. Y Esperanza, *la Brava,* se quebró. Todos los argumentos que venía a exponer, su convicción para decirle a aquella gente que tenía que irse porque allí ya no quedaba nada se desmoronó. Cuando se giró, vio a Enrique tras de sí. Él la tomó por el hombro y levantó la voz.

—Mi esposa ha venido a deciros algo, pero prefiero hacerlo yo mismo. —Aquellas caras se volvieron hacia él, que tomó aliento y prosiguió—: Hemos hecho lo que hemos podido hasta que hemos podido, y ya no nos queda nada. Nuestra despensa está vacía. Apenas queda para que nuestros propios hijos pasen el invierno. Podéis cobijaros aquí, pero tendremos que hacer lo que hasta ahora nunca hemos hecho: negaros algo de comida. —Todos se miraron entre sí. Podían esperarlo, pero las malas noticias siempre llegan demasiado pronto—. Podéis ir a Puente Viejo. El ayuntamiento está ayudando a otros braceros. Nosotros no podemos hacer nada más.

El capataz, uno de los que más tiempo llevaban trabajando para los Montenegro, se alzó y se acercó a Enrique.

—¿Cómo no vas a tener, Montenegro? ¡Mata alguna oveja! —pronunció con la rabia que da la desesperación.

—Sabes dónde están mis ovejas, Rafael. Muertas, igual que las vacas. Y te lo digo porque sé que será lo siguiente que menciones.

—Si no nos lo das, lo tomaremos por la fuerza. Lo sabes. —Su voz era amenazante.

—No hay nada que tomar —dijo tranquilo—. Pero te aseguro que como entres en mi casa comida no hallarás, y te arriesgas a recibir una perdigonada. ¿No os hemos dado ya suficiente? —preguntó Enrique en alto—, ¿tengo que quitárselo a mis hijos para dárselo a los vuestros?

Después de aquello, ambos volvieron a la casa. Esperanza puso la cena a sus hijos y su marido: unas gachas hechas con harina de almortas que los tres odiaban con todas sus fuerzas. Ella, como casi siempre, no cenó. Había adelgazado en los últimos meses; su cuerpo ya no tenía las redondeces de antaño y en su cara aparecieron ángulos que desconocía hasta entonces.

Cuando todo el mundo se hubo dormido, Enrique bajó al salón. Tomó su escopeta, se sentó en la cocina frente a la puerta trasera y esperó. Era una noche sin nubes, de luna llena, y su reflejo sobre la nieve le daba una claridad casi de amanecida. Cualquier cosa que se hubiera movido la habría detectado rápidamente la atenta mirada de Enrique. Pero la calma reinaba. Y pasó la noche. Empezaba a rayar el alba, cuando escuchó unos pasitos livianos a su espalda. Francisca siempre era la primera de los niños en despertarse en aquella casa y en bajar a la cocina a buscar a su madre. A Esperanza le gustaba darle el desayuno a sus hijos, lo que a tata Leonor le dejaba tiempo para otros quehaceres.

—¡Hola, padre! —saludó sorprendida—. ¿Dónde está madre?

—Es temprano, Chiqui. Déjala dormir un rato más.

Enrique escuchó el chirrido de los goznes del granero. Y una tras otra empezaron a desfilar unas figuras encorvadas sobre la nieve: madres con hijos en sus brazos, hombres con hatillos a sus espaldas.

Una sola de aquellas figuras se dirigió a la casa. Avanzó pesada y abrió la puerta trasera.

—Francisca, sal de aquí —apremió Enrique a su hija—. Corre con madre.

Pero la niña no se movió y vio cómo el hombre que acababa de traspasar el umbral de su casa levantaba los brazos.

—Vengo en son de paz, señor —dijo Rafael—. Sabía que le encontraría de vigilia. Tiene usted razón. Nos vamos. Pasaremos como podamos hasta la primavera. Y llamaremos a su puerta para trabajar.

—Veremos en primavera, Rafael.

—Nos veremos. —Rafael se quitó su gorra, extendió la mano y solo añadió—: Gracias.

Luego caminó tras los suyos.

Enrique se sentó pensativo en la cocina. Francisca subió a sus rodillas y él la acogió sin ser demasiado consciente de la presencia de su hija. «Rafael siempre ha sido un buen hombre», se dijo, y le dio vértigo pensar que en aquellas condiciones de penuria, cualquiera de los dos hubiera sido capaz de matar por proteger a los suyos. Aquel tiempo estaba dejando a la gente sin esperanza y cuando no hay esperanza, poca es la compasión que puede esperarse. Entonces sí que Enrique miró a su pequeña y supo que tenía que seguir adelante por ella, por sus otros dos hijos y por su esposa, de la que había aprendido que había que ser caritativo con los que lo necesitan.

—¿Vamos a despertar al lirón de tu madre? —dijo haciendo cosquillas a su hija—. Vamos a ver si ha criado pollos de tanto dormir.

—¡Vamos! —dijo la niña antes de salir corriendo escaleras arriba.

Francisca irrumpió en tromba en la habitación de sus padres y saltó en la cama para arrebujarse contra su madre, que apenas se movió. Cuando Esperanza oyó entrar a su marido, le hizo un gesto de que se acercara y le habló muy bajito al oído.

—Llama al médico, Enrique.

Él se asustó. Era cierto que Esperanza estaba más delgada, pero nunca había estado tan demacrada.

—Ve a despertar a tus hermanos y bajad a que la tata os dé el desayuno —le dijo a su hija.

—¡No! ¡Estoy buscando los pollos! —protestó.

—Francisca, obedece —pronunció seco. Y la niña saltó como un resorte en dirección a las habitaciones de sus hermanos.

—¿Qué sucede, mi amor?

—No lo sé, he ido a levantarme y las piernas no me sujetan.

Enrique llevó la mano a la frente de su mujer y se asustó. Estaba ardiendo.

Fueron muchos los días de angustia que siguieron a aquella mañana larga en la que el médico tardó en llegar. Esperanza no era el único caso de una epidemia de cólera que vino como la lógica hermana de la hambruna. Puente Viejo y La Puebla habían sufrido los efectos del azote y el doctor Salinas no podía con tanto, como les ocurría a la mayoría de los médicos del país. En un principio, la epidemia comenzó en las ciudades, por sus escasas condiciones de salubridad, pero con la huida de sus pobladores hacia el campo, la llevaron consigo. Y llegó a Puente Viejo.

Tata Leonor intentaba paliar los efectos de aquel virus sobre cuyo tratamiento ni los médicos lograban encontrar un acuerdo. El doctor Salinas no la desautorizó cuando le suministraba los mismos cocimientos de hojas de nogal que tomaban los niños cuando tenían diarreas. No estaba seguro de su efecto, pero tampoco lo estaba de la conveniencia de su tratamiento de sangrías para depurar la sangre, puesto que la paciente, lejos de mejorar, empalidecía y se debilitaba día tras día.

El médico desaconsejó la permanencia de cualquier miembro de la familia en la habitación de Esperanza, puesto que igual que no tenía la cura exacta de la enfermedad, también desconocía la forma de su contagio. Aun así, si bien los niños dejaron de ver a su madre, Enrique permanecía día y noche al lado del lecho de la enferma. Tata Leonor instaló un altarcito en el tocador de caoba y mantenía siempre velas encendidas a todos los santos que allí colocó, sin que Enrique tuviera fuerzas para impedirlo. Prefería, en aquel caso, conceder el beneficio de la duda a la fe de aquella mujer en santos y conjuros.

Esperanza pasó aquellos días en una nebulosa semiinconsciente de la que solo salía cuando su cuerpo la obligaba a despedir alguno de sus humores. En una de sus visitas cotidianas, el doctor Salinas vino con el padre Clemente.

—Enrique —pronunció tocando su hombro—, Esperanza debería ponerse en paz con Dios por lo que pueda pasar, hijo mío.

—Ella no es mujer de iglesia, padre, usted lo sabe.

—En estos momentos, Dios sabrá perdonar esa falta.

—Haga como usted estime, páter. Pero no sé qué diría ella si estuviera con sentido.

—Mi obligación es salvar su alma, incluso contra su voluntad.

Montenegro carecía de toda fuerza para debatir sobre salvaciones, voluntades divinas y obligaciones de los sacerdotes, así que dejó que el padre Clemente llevara a cabo su ritual sin prestar atención a nada salvo al rostro anguloso e inerte de Esperanza.

El cura salió de allí sin que el estado de la mujer hubiese cambiado un ápice, y Enrique se durmió agotado. Un tacto suave sobre su mano le despertó y cuando abrió los ojos vio a Esperanza, que con su dedo índice sobre los labios le pedía que no hiciera ruido: Francisca se había colado en la habitación y dormía al lado de su madre. Cuando él hizo un amago de despertarla para sacarla de allí, Esperanza se lo impidió.

—Déjala. Duerme tranquila.

—¿Estás mejor? —le preguntó a su mujer. Una sonrisa triste fue la única respuesta.

—Enrique, no quiero cementerios.

—Esperanza, no digas…

—Déjame acabar. No me queda mucho tiempo —aseguró en voz baja para no despertar a su hija—. Quiero estar debajo del roble. Sin cruces. En la finca. —Él intentó tragar sus lágrimas, pero no lo consiguió—. Cuando me haya ido, sigue viviendo, Enrique. Cuando dudes, mira a esta pequeña a los ojos.

—Es igual que tú.

—Igual de brava. —Esperanza sonrió—. Miguel será tu ayuda y Eduvigis, la ternura. Pero con cuatro años Francisca ya es la más fuerte. Nada la detiene.

El aire empezaba a faltarle, sus labios se iban resecando y el color de sus mejillas ya era más que macilento. Esperanza comenzó a respirar cada vez con mayor dificultad, y Enrique aferró su mano, que ella apretó con las últimas fuerzas que le quedaban. Durante unos minutos, la Brava intentó fintar a la muerte, pero esta acabó por alcanzarla. Con su último aliento solo pudo pronunciar tres palabras:

—Te quiero tanto. —En la última sílaba, la presión de su mano sobre la de Enrique cedió y una quietud de plomo detuvo en aquel cuarto el aire y el tiempo. Francisca, que se había despertado, miró a su padre con unos ojos enormes y, en silencio, abrazó a su madre. No lloró.

4

Eduvigis dormía plácidamente. Francisca, en cambio, oteaba a través de la ventana cualquier sombra que se moviera en aquellas primeras luces del alba, atenta al más mínimo ruido que supondría la señal para bajar corriendo las escaleras y sorprenderle. Desde la muerte de Esperanza dos meses atrás, Enrique desaparecía de la casa nada más rayar el día y no volvía hasta bien avanzada la tarde, y Francisca estaba decidida a saber adónde iba. Así que aquella noche no durmió. Se acostó vestida y esperó. Al poco del canto del gallo, escuchó claramente cómo se abría la puerta de la habitación de sus padres y a continuación, los pasos de unas botas por las escaleras. Salió rauda al pasillo y se dio de bruces con Miguel.

—¿Dónde vas, Chiqui? —preguntó a su hermana. Francisca no contestó. El verse sorprendida la dejó sin voz. Entonces Miguel sonrió—. Ven conmigo.

Bajaron despacito las escaleras y salieron por la puerta de la cocina, esperando no encontrarse con la tata Leonor, que sin duda habría frustrado su aventura. Vieron a su padre salir a caballo en dirección al río. Miguel ensilló el suyo y una vez hubo montado, tendió la mano a su hermana y la subió delante de él. Comenzaron a trotar muy despacito para dar distancia al jinete, cuya silueta apenas se adivinaba en la tenue luz de aquella hora. A su izquierda, el sol comenzaba a asomarse por entre las montañas y todo lo que los rodeaba iba tomando color. El manto verde oscuro iba rasgándose con el rosa del brezo y el morado de las primeras flores de romero. Aquel invierno tan duro había traído una primavera generosa. Los arroyos bajaban plenos y rabiosos tras varios meses retenidos por el hielo.

Al subir un pequeño repecho, perdieron de vista al jinete, pero en cuanto lo bajaron volvió a aparecer con su trote calmo y algo triste. Al poco, Montenegro azuzó su montura e inició un galope para saltar una valla de piedra que salvó sin ninguna dificultad; tras saltarla, dejó que su caballo mantuviera el mismo ritmo.

—Agárrate fuerte a la rienda y aprieta las piernas —le dijo a su hermana.

Miguel espoleó entonces su caballo y Francisca cerró los ojos. En el momento del salto notó el brazo de su hermano por su cintura y su miedo desapareció. Acababan de saltar la valla de la Finca del Río, aunque aquella finca había dejado de llamarse así; por el pueblo corría su nuevo nombre: era la Finca de la Brava y con el tiempo se iría acortando para quedarse en La Brava. La pequeña abrió los ojos y vio que su padre había detenido su caballo y se había girado para mirarlos. Con un gesto de la cabeza, les indicó que se acercaran y cuando estuvieron a su altura, cabalgaron juntos sin decir una palabra.

Cuando llegaron al roble bajo el que descansaba Esperanza, Enrique se detuvo y echó pie a tierra. En las pocas semanas que habían pasado desde la muerte de Esperanza, la naturaleza había seguido su curso y el pequeño túmulo sin cruces bajo el que descansaba casi había desaparecido bajo un manto de hierbas y flores. A Enrique le hubiera gustado que el tiempo se detuviera, pero aquello era algo que no estaba en su mano. Durante semanas postergó sus obligaciones en sus fincas, apenas reunía fuerzas para sentarse a recordar los momentos pasados con su mujer. Sabía que tras aquel invierno desolador tenía que seguir adelante, pero simplemente no era capaz. Contratar jornaleros, organizar los cultivos…, todo aquello se le hacía un muro infranqueable. Y sobre todo pensar de dónde sacaría el dinero para volver a echar a andar todo aquello después de las pérdidas de las cosechas y del ganado. Con Esperanza habría podido. Sin ella, todo era inútil. Estaba solo.

Sumido en esos pensamientos, se sentó en la hierba de espaldas a sus hijos y una lágrima rodó por la mejilla de aquel hombre rudo, como tantas veces en los últimos tiempos. Al momento notó un abrazo cálido y al mirar por encima de su hombro se encontró con unos ojos enormes y negros que le observaban fijamente con una ternura y una vida inmensas dentro de ellos. Iguales que los de Esperanza. Era la mirada de su hija pequeña. Respondió al abrazo de la niña y una ola de un consuelo amargo le invadió. Aquel pequeño gesto cambió en un solo instante el transcurso de las cosas, igual que la mirada de Esperanza cambió su vida aquella tarde en la plaza de Puente Viejo.

Se levantó. Tomó a Francisca a su costado como si fuera un fardo, y en medio de las risas de la niña la subió a la grupa de su caballo.

—Vamos a casa, Miguel —dijo a su hijo mayor mientras montaba.

Hacia allí partieron, pero al llegar al cruce cercano a La Casona, Enrique paró y bajó a Francisca de su caballo.

—Llévate a tu hermana a casa. Yo iré en un rato.

—¿Dónde vas, padre? Voy contigo.

—No, hijo. Ve a casa. Tengo que solucionar algunas cosas en el pueblo.

Volvió grupas y cabalgó en dirección a Puente Viejo. Lo que iba a hacer no era fácil. Era una rendición, de hecho, pero a veces la vida obliga a dar un paso atrás para luego avanzar hacia delante, y en aquel momento Enrique Montenegro no tenía otra salida.

Ramón, Isabel y sus hijos desayunaban a esa temprana hora, cuando la criada anunció la visita.

—¿Qué quiere ahora este? —preguntó Isabel despectiva. Ramón la fulminó con la mirada.

—Pásele a mi despacho, Catalina. Voy enseguida —ordenó mientras se levantaba.

—¿No puedes acabar el desayuno? —dijo Isabel. Ramón ni siquiera contestó y salió del comedor. Raimundo intentó seguirle.

—Voy a ver si está Miguel.

—Tú quieto en la mesa y acaba de desayunar —dijo Isabel, seca, defendiendo el único bastión de autoridad que tenía en ese momento.

Al entrar al despacho, Ramón encontró a Enrique sentado en una silla forrada de cuero; paseaba la vista por las estanterías, sin fijar especialmente su atención sobre ninguno de los libros que contenían. Entró con la mano extendida.

—¿Cómo estás, Enrique?

—Estoy, que no es poco.

—La vida se lleva a los mejores, amigo. Pero hay que seguir adelante.

Le tendió una caja de puros, que el otro rechazó. Tampoco él tomó ninguno.

—Seguir adelante, eso me gustaría. Pero tengo que empezar casi de cero.

—¿Qué quieres de mí, Enrique?

—Creo que lo sabes. Y yo sé lo que me vas a pedir a cambio.

—En efecto. No te oculto que La Brava, como la llaman ahora, es importante para mis negocios. Cuando la compraste en su día me buscaste un problema con mi socio.

—Pero no quiero vender, Ramón. Aún no puedo hacerlo.

—No sé si puedes poner condiciones.

Enrique respiró hondo y se tragó un nuevo bocado de su orgullo. Otro más desde que había empezado la conversación con Ramón.

—Necesito dinero. Sé que solo aceptarás como garantía para un préstamo la Finca del Río, ¿me equivoco?

—En absoluto, amigo.

—Aceptaré fijarla como aval, con una condición.

Ramón Ulloa hizo un leve gesto de impaciencia.

—Demasiado pides para tu situación, ¿no crees?

Enrique tenía claro que no quería desviarse de su objetivo.

—En caso de que algo no vaya bien y no pueda devolverte el dinero conforme a los plazos que acordemos... Bueno, quiero que me prometas que respetarás la tumba de Esperanza.

Ulloa no esperaba aquello. Aunque por otra parte, pensó, era de prever.

—Esa finca no es camposanto, Enrique. ¿Por qué habría de hacerlo?

—Por ella, Ramón. Sé que lo harás por ella. Sabes por qué me quedé esa finca. Fue en justa puja. Y sabes lo importante que era para Esperanza —dijo Montenegro con un nudo en la garganta.

—Tienes mi palabra —cedió el otro al cabo de un rato, con la mirada baja—. ¿Eso es todo?

—Eso es todo. No quiero hablar ahora de más condiciones. Sé que serás justo.

—Puedes estar tranquilo. No haré leña del árbol caído. Haz tus números y dime qué cantidad necesitas. Con eso, mis abogado prepararán los papeles para dejar todo en regla.

Ramón acompañó a Enrique a la puerta de la casa y un abrazo de amigos siguió al apretón de manos que había sellado el acuerdo. Cierto era que Ramón Ulloa resultaba despiadado en sus tratos mercantiles, pero tenía un límite: el de la amistad. Y que le ganaran por la mano en un negocio era algo que solo podía perdonar a un amigo. Esa ambivalencia provenía no de un sentido de caridad cristiana, sino de una ética pagana y racionalista, alimentada por múltiples lecturas filosóficas que le convertían en un extraño empresario humanista. De haber sido la responsable de la gestión de la fortuna familiar, Isabel no habría sido tan bondadosa.

—¿Qué quería Montenegro? —preguntó a su marido cuando hubo salido Enrique.

—Lo sabes de sobra. ¿Qué parte de la conversación no te llegó desde detrás de la puerta?

A veces Ramón se preguntaba por qué era tan brusco con su esposa, pero no podía evitar que muchas de sus actitudes le crisparan. Era consciente de que su vida no transcurría tal y como él hubiera querido, y todo porque no tuvo el valor de enfrentarse a su padre y decirle que no estaba dispuesto a renunciar a sus estudios para hacerse cargo de la fortuna familiar. Y no lo tuvo, pensaba él, porque tampoco Isabel lo habría apoyado en aquella decisión. Así, Ramón se vio convertido en un hombre rico, pero frustrado y desde luego aburrido, y esa amargura escapaba a diario y encontraba un pretexto en Isabel. Su inflexibilidad, su religiosidad, su excesivo control de los hijos, su afición al cotilleo y su escaso interés por las relaciones maritales la convertían probablemente en el ser que más irritaba a Ramón.

Volvió a su despacho e Isabel le siguió.

—Sabes que esto te acarreará consecuencias con Josechu, ¿verdad?

—¿Desde cuándo sabes algo de negocios?

—Y ya respetar la tumba de la tal Esperanza me parece el colmo, Ramón.

Ulloa se giró como un resorte.

—Está muerta, Isabel. Muerta. ¿Cuándo vas a parar? ¿Hasta cuándo voy a tener que aguantar tus celos infundados?

Isabel siempre atribuyó a Esperanza un peligro que nunca existió. Ni siquiera puede decirse que aquella mujer fuera un amor de juventud de Ramón, pero su esposa acostumbraba a hacer una montaña de un grano de arena. Tal vez fuera su forma de llamar la atención de un marido que, en el mejor de los casos, la ignoraba. Puede que en realidad fueran celos, efectivamente, pero más por un matrimonio, el de los Montenegro, que todo el pueblo sabía feliz. Lo que desde luego no aprobaba era la cercanía de Ramón con La Casona, mientras Esperanza vivía, y bendijo el día en que la compra de la Finca del Río separó a los dos amigos. Le pesaba que sus hijos siguieran viendo a los niños Montenegro, a los que, sin apenas conocer, consideraba unos salvajes maleducados.

No tardó mucho tiempo en llegar a Puente Viejo la noticia de que Enrique Montenegro volvía a arar sus campos y aquella fila de sombras que abandonó la casa una madrugada del frío invierno regresó a La Casona. Para lo que no tuvo valor Montenegro fue para seguir con las obras de la casa nueva en la Finca del Río, que se quedaron como un esqueleto al que el tiempo fue arropando de enredaderas. Ramón pasaba de cuando en cuando a la casa a visitar a su amigo, y Raimundo y Miguel eran mucho más felices en sus aventuras campestres, que seguían teniendo ineludiblemente como destino La Brava. Ahora Francisca ya no tenía a nadie que le impidiera traspasar la cancela de la casa para seguir a su hermano y a su amigo, pero siguió durante un tiempo mirando hacia atrás, esperando la llegada de su madre.

Al principio, Francisca los seguía de cerca. Miguel adoraba a su hermana, pero consideraba que una niña tendría ciertas dificultades en seguirlos a él y a su amigo en determinadas aventuras, y a menudo, con su afán protector, le impedía arriesgarse a ciertas cosas. Sin embargo, conforme pasó el tiempo y una vez cumplió los siete años, Francisca no estaba ni mucho menos dispuesta a quedarse en casa con su hermana Eduvigis, que pasaba su tiempo bordando, leyendo y trabajando una perfecta caligrafía.

Uno de los pasatiempos favoritos de Miguel y Raimundo era trepar a los árboles. Era como si a varios metros del suelo la visión del mundo fuera mejor. Y Francisca solía quedarse abajo, esperando. Un buen día intentó seguirlos a la copa de un nogal, pero aquella subida con las faldas era una misión imposible, así que volvió a bajar, se las quitó y la ascensión solamente con los pololos fue del todo exitosa. Y la tarde pasó con aquellos tres personajes comiendo nueces como ardillas.

Francisca volvió a casa con la falda a modo de hatillo, llena de nueces. Cuando Enrique la vio venir de lejos en aquel atuendo, supo enseguida lo que había pasado y se rio de la ocurrencia de su hija pequeña. A la tata Leonor no le hizo tanta gracia.

—¡Pero chiquilla! ¿Qué haces caminando medio desnuda?

—No, tata. No estoy desnuda —dijo sin entender tanto revuelo. Al fin y al cabo, solo llevaba una prenda menos—. Y mira. Traemos nueces.

—¡Pero si vas en calzones, alma cándida!

Ya Francisca había descubierto que los pantalones eran la prenda ideal para sus aventuras. Y Enrique, por su parte, se había dado cuenta de que, del mismo modo que había encontrado los medios para volver a echar a andar sus tierras, debería encontrar un modo de continuar con la labor de Esperanza en lo que a la educación de sus hijos concernía.

Tata Leonor podía darles cariño, sin ninguna duda, pero necesitaban un tutor para continuar con la tarea que Esperanza había empezado.

A la mañana siguiente, Enrique mandó preparar el carro y con sus tres hijos puso rumbo a La Puebla con dos intenciones en mente: la primera, comprar algunas cabezas de ganado, dado que a sus oídos había llegado el aumento de demanda de leche y sus derivados en las grandes ciudades; la segunda, conseguir un maestro para sus hijos. Y en La Puebla, ambas cosas se conseguían en el mismo sitio: la feria de ganado.

Miguel se sentó en el pescante con su padre, que le explicaba que había oído hablar de una raza de vacas que producían mucha leche y que se llamaban *frisonas* y que esas eran las que iban a buscar. Francisca, feliz con unos pantalones que había rescatado de entre la ropa vieja de su hermano, sentada con su hermana en la parte de atrás, escuchaba la conversación en silencio, atenta a cada detalle del camino.

—¿Puede venir Raimundo con nosotros a comprar maestros, padre? —sugirió al pasar cerca de La Traba.

—¿Comprar maestros? —Enrique soltó una carcajada—. Miguel, ve a buscar a tu amigo.

—No, voy yo —dijo Francisca saltando ya del carro y corriendo hacia la casa.

Aquel terremoto llegó raudo a la puerta. Cuando Catalina abrió, Francisca se coló directamente dentro, mientras preguntaba si Raimundo estaba por allí. Con quien se encontró fue con Isabel.

—¡Vaya! ¡Se nos ha colado en la casa un niño con trenzas! —exclamó amarga. Francisca rio.

—¡Noooo! Llevo pantalones, pero soy una niña. Soy Francisca —dijo sonriendo sin malicia ante el error de Isabel.

—Ya, ya sé quién eres. ¿Y a quién buscas?

—A Raimundo. ¿Se puede venir con nosotros a comprar un maestro?

Isabel salió al zaguán y vio a la familia esperando en el carro. Enrique le hizo un saludo con la mano, que ella no se molestó en devolver. Raimundo había visto desde la ventana el carro y a Francisca correr hacia la casa y raudo bajó las escaleras. Cuando la niña lo vio aparecer, lo tomó de la mano y tiró de él hacia la puerta.

—¡Ven con nosotros! ¡Vamos a La Puebla!

Isabel los separó:

—Raimundo tiene que estudiar.

—Eduvigis también. Y yo. Pero cuando volvamos a casa con el maestro —dijo tomando de nuevo la mano de su amigo y volviendo a tirar de él hacia fuera.

—¡Esta niña es una salvaje! He dicho que no —dijo al tiempo que volvía a soltar las manos de los niños, esta vez con no poca brusquedad. Enrique había llegado a la puerta con el tiempo justo de ver la última parte de la escena.

—Buenos días, Isabel. Chiqui, vámonos o cuando lleguemos no quedarán maestros.

—Mamá, por favor. Yo quiero ir —protestó Raimundo.

—¡He dicho que no!

Mientras su padre tiraba de ella hacia el carro, Francisca miraba hacia atrás para contemplar la escena. Raimundo asomó un segundo por el vano de la puerta y le hizo un gesto de adiós al que la niña contestó con la mano.

—¿Por qué no viene, padre? —preguntó Miguel.

—Su madre no le deja —dijo Francisca, rauda.

—Tiene que estudiar, Miguel. Eso es todo.

—Su madre es mala.

—Francisca, tente. Esas cosas no se dicen.

—Pero si es verdad, padre. Y me ha dicho que soy un niño con trenzas.

—Es que pareces un niño con esos pantalones —replicó Eduvigis.

—Y tú eres una presumida.

—Padre, mira lo que me ha dicho —dijo la mediana arrancando un mohín.

—¡Basta ya! Silencio todo el mundo —ordenó Enrique—. No quiero escuchar una palabra hasta que lleguemos a La Puebla, ¿entendido?

Y así fue. El camino fue lo suficientemente largo como para que al llegar a la feria, los ánimos estuvieran calmados.

Reunidos en un grupo, al lado de unos caballos, estaban los maestros. Todos tenían una apariencia bastante uniforme: con una gorra, vestidos de pana y con una voluminosa mochila a sus pies, charlaban sobre temas dispares. Los niños contemplaban cómo su padre se acercaba a ellos y les hablaba, sin poder escuchar nada de lo que decían. Separado de aquel grupo, un joven solitario leía con dos bultos a su lado. Al advertir que Francisca le miraba, el joven levantó la vista y sonrió. Curiosa, se acercó a él.

—¡Hola! ¿Qué llevas ahí? —dijo señalando uno de los bultos que para ella tenía una forma extraña.

—¿Esto? Es un acordeón.

Enrique vio aquella escena y se aproximó a ellos.

—Buenos días —dijo tocando levemente la visera de su gorra—. ¿Es usted maestro?

El hombre cerró su libro y se puso en pie. Realmente era muy joven, puede que acabara de cumplir los veinte.

—Sí, señor, sí. Lo soy. Julio Barea, para servirle —dijo con una leve inclinación de cabeza.

—Andaba buscando un maestro para mis hijos. Su madre les enseñó lo principal, pero ya no puede hacerlo. Que en paz descanse. —Francisca se pegó a las piernas de su padre—. ¿Qué es lo que puede usted enseñarles?

—Puedo enseñarles a leer, caligrafía, aritmética, geografía, historia, música… —comenzó a enunciar.

—¿Y cuál es su salario?

—Quinientos reales por la temporada, señor. Con un techo donde cobijarme.

—Déjeme hacer unas cuentas después de mirar por la feria.

Enrique quería meditar una decisión que en realidad ya estaba tomada. Le agradó que en el enunciado de saberes de aquel maestro no hubiera incluido el catecismo, que era la primera palabra que aparecía en los discursos de los otros. No es que Enrique fuera un ateo propiamente dicho, pero era cierto que en los últimos tiempos no mantenía una buena opinión sobre la justicia del Altísimo. Dudaba sobre si debía transmitirles esas dudas a sus hijos, aunque en este momento prefería que su formación se basara en otras cosas que no fueran la religión.

Pasaron por rediles de ovejas merinas, de cerdos enormes… Lo que más llamaba la atención de Francisca eran los caballos. Puede que fuese porque sus dos referentes más admirados —su padre y su hermano— eran excelentes jinetes, o porque asociaba cabalgar con una excitante sensación de libertad, pero aquellos animales siempre habían ejercido una atracción especial en ella.

—Cuando aprendas a montar, te compraré un caballo.

¿Quieres? —le dijo a su hija pequeña, cuyos ojos se abrieron como platos—. Pero Miguel tiene que enseñarte.

—¡Sí! ¿Lo harás, Miguel?

—¡Claro! Yo ya había aprendido cuando tenía tu edad. Y a ti también, Edu.

—Bueno —dijo Eduvigis sin demasiado entusiasmo.

—Edu tiene miedo de los caballos.

—Pues le compraremos otra cosa a ella, ¿verdad, hija? —Enrique veía venir otra de las agotadoras discusiones entre las hermanas—. No pasa nada por que no le gusten.

Montenegro cerró rápidamente el acuerdo con el tratante de las vacas frisonas: dos hembras para La Casona. Francisca estaba acostumbrada a ver vacas, pero nunca las había visto blancas y negras y desde luego no con unas ubres tan grandes y llenas de leche. A aquellos animales casi les costaba caminar, tal era el volumen que tenían entre sus ijares a esa hora del día.

Enrique amarró las dos vacas al carro, fueron a buscar al maestro y salieron de La Puebla, rodeados del ganado que en aquel momento abandonaba la feria de vuelta a sus establos, y llenaba como un río las calles del pueblo.

5

Cinco años más tarde

Volver a echar a andar las fincas no fue fácil para los Montenegro. No era solo mantenerlas, era devolver la deuda que se había contraído con los Ulloa.

Con la llegada del maestro, la vida de los chicos Montenegro había vuelto a tener una rutina que habían perdido desde la muerte de Esperanza. Eduvigis estudiaba con ahínco y Francisca hacía lo que podía, pero esperaba ansiosa el final de las clases para montar a caballo con su hermano y con Raimundo, al que también Miguel incluía en sus lecciones de monta (lecciones de las que, como Francisca esperaba, Eduvigis se restó rápidamente).

Cuando cumplió los trece años, Miguel dejó de asistir a las clases. Ahora, con dieciséis, se había convertido ya en una valiosa ayuda para su padre: poco a poco fue aprendiendo sobre los cultivos, disfrutaba arreando ganado y apuntaba ya una perfecta capacidad de liderazgo entre los braceros. Gracias a haberse educado con los hijos de estos, Miguel bebía a partes iguales del mundo del señor y del mundo del jornalero: hablaba de forma natural su mismo lenguaje y compartía sus comidas e incluso sus diversiones. Había conseguido hasta el respeto de Rafael, el capataz. Enrique miraba a su hijo y estaba tranquilo respecto a en qué manos dejaría la administración de su hacienda.

En aquellos años, la vida de Francisca había cambiado en muchas cosas. Admiraba a don Julio, como su padre les obligaba a llamar a su maestro, pero para ella era sinónimo de disciplina, de estar alejada de Miguel y de pasar más tiempo con Eduvigis. Don Julio era especialmente severo con ella en cuestiones de caligrafía. Era cierto que, quizá por su espíritu inquieto, Francisca era de todo punto incapaz de escribir con la misma perfección que su hermana, y que don Julio la sorprendía a menudo mirando por la ventana cuando Miguel salía al campo con su padre y ella tenía que seguir haciendo deberes. Y cada vez que don Julio la llamaba al orden, era una pequeña victoria para Eduvigis ante la que no podía evitar sonreír: la venganza de quien ha visto que usurpaban su papel de hermana pequeña.

A medida que la mayor se iba adentrando en la adolescencia, la brecha entre ambas se iba haciendo más pronunciada. Francisca era cada vez más independiente e indomable; Eduvigis, cada vez más víctima y más necesitada de atención. Iba creciendo y convirtiéndose en toda una señorita, aplicada y obediente, mientras que Francisca iba haciendo gala de una voluntad más cercana a lo que se consideraba correcto en un hombre, pero espantaba a los que dictaban las reglas de la corrección social en lo que se refiere a una niña.

Su relación con Raimundo no parecía tampoco contribuir a una educación propia de una señorita, y además, con Miguel ocupado en aprender los quehaceres de las fincas, ambos se convirtieron en inseparables compañeros de juego. De él aprendió el nombre de algunos árboles, de los animales, de las plantas y sobre todo aprendió a observar la naturaleza. También de Miguel aprendió cosas, pero el interés de su hermano era más sobre la utilidad de la naturaleza y el de Raimundo sobre su desarrollo y su belleza. Miguel conocía las costumbres de los jilgueros porque le era útil para cazarlos; Raimundo, en cambio, solo anhelaba atesorar conocimientos, sin ningún otro fin. La Finca del Río era un hervidero de vida y, cómo no, de aventuras.

Cuando venía el buen tiempo, siempre era el mismo ritual: poco antes de que acabaran las clases con don Julio, Francisca comenzaba a impacientarse y miraba cada pocos segundos por la ventana; abandonaba su caligrafía y esperaba ver aparecer a su amigo, hasta que una llamada de atención de don Julio la devolvía a los renglones de una letra que pretendía ser inglesa, pero nunca llegaba. Aquel día estaba especialmente expectante: Raimundo y ella iban a ir a buscar gusarapos a la charca de la ruina del convento. Ella no sabía realmente lo que era un gusarapo, pero seguro que era algo interesante.

—Francisca, has de poner más atención o nunca escribirás como Eduvigis —decía don Julio, paciente—. Mirar muchas veces por la ventana no traerá antes a tu amigo.

Eduvigis se echó a reír, otorgando a la frase del maestro una maldad que en realidad no tenía.

—No es su amigo, don Julio. Es su novio.

—No es mi novio —dijo Francisca con toda su honestidad. A sus doce años, aplicar esa palabra a Raimundo no había pasado nunca por su cabeza. Ni a Raimundo ni a nadie, por supuesto.

Francisca podía soportar la mofa de su hermana sobre su letra, pero aquello era demasiado. Enfurecida por las risas de Edu, miró en derredor buscando algo con que poder hacer que pagara la estupidez que acababa de salir de su boca. Y encontró el tintero de su hermana, cuyo contenido, en un gesto rápido, vertió sobre el cuaderno de esta, guardando un resto para su vestido claro sin que don Julio pudiera hacer nada para impedirlo.

Cómo no, Eduvigis rompió en llanto y tan fuerte que llamó la atención de tata Leonor. Subía a dejar unas sábanas en el armario de la ropa blanca, el que olía siempre a manzanas, y en cuanto entró en la habitación, Eduvigis fue corriendo a esconderse en sus faldas. Con aquel tintero en la mano, Francisca era el culpable atrapado in fraganti.

—Pero, chiquilla, ¿qué has hecho?

—¡Mira mi vestido, tata!

Realmente, aquella prenda estaba perdida.

—Anda, Edu, ve a cambiarte. —Miró al maestro—. Con su permiso, don Julio.

—Que vaya. De todas formas, su lección ya ha acabado por hoy.

Aquella frase sonaba siempre a liberación y la menor de los Montenegro salió rauda hacia la puerta.

—¿Dónde vas, Francisca? —La voz de don Julio la detuvo.

—A buscar gusarapos —dijo sin girarse.

—La que ha acabado su lección es Eduvigis. A ti aún te queda un rato —anunció severo—. Vuelve a tu silla.

—¡Nooooo! Es que ya va a llegar Raimundo.

—Tú hoy no irás a ningún sitio. Estás castigada. Vuelve a tu silla y copiarás cien veces lo que yo te diga.

Todas las catástrofes del mundo se juntaban en aquella frase. Y para colmo, la vocecita de Eduvigis remató con la crueldad de los triunfadores:

—Eres mala, Francisca. Por eso te castigan.

—Y tú eres... —Pensó qué podía decirle que la hiriera en lo más hondo, pero solo una palabra lo suficientemente vejatoria le vino a la cabeza—. Tú eres un gusarapo.

Don Julio y la tata se miraron y soltaron una carcajada, aunque la reprimieron al momento, conscientes de que aquello no era lo más adecuado para aplacar el conflicto entre aquellas dos niñas, ni lo mejor para educarlas. Tata Leonor finalmente se llevó a Eduvigis a que se cambiara el vestido y don Julio castigó a Francisca a escribir cien veces «Seré una niña buena y no discutiré con mi hermana».

Sin embargo, la mala tarde de Francisca no había hecho nada más que empezar. Con el rabillo del ojo vio cómo llegaba Raimundo, pero la mirada severa de don Julio impedía que se levantara a explicarle que los gusarapos tendrían que esperar porque debía copiar una frase cien veces. Cuando iba por la vigésima quinta línea, escuchó la voz de Eduvigis en las escaleras de la casa.

—Hola, Rai. ¿Esperas a Francisca? —preguntaba coqueta, con su vestido limpio.

—Sí —contestó el chico—. ¿No ha acabado todavía?

—No. Está castigada. Don Julio no la dejará salir hoy de casa. —Eduvigis era consciente de que, desde su silla de la biblioteca, Francisca podía escuchar perfectamente aquella conversación.

—¡Vaya! —dijo contrariado.

—Me ha dicho que te acompañe yo a buscar gusarapos —mintió—. Si quieres, claro.

Francisca oyó aquello y se levantó de la silla.

—¡Francisca! ¡A tu tarea!

—Pero don Julio…

—¿Habrán de ser doscientas veces?

Volvió a sentarse y escuchó la respuesta de Raimundo:

—Bueno. Si te lo ha dicho ella… Ven conmigo.

Francisca apretó la punta de su lápiz sobre la hoja hasta partirla y comenzó a llorar; al principio con una pena inmensa, luego con una rabia incontenible. Don Julio le dio otro lápiz y acarició su cabeza. No estaba seguro de que aquel castigo no estuviese siendo demasiado cruel, visto cómo se habían desarrollado los acontecimientos, pero en aras de la disciplina, no podía levantarlo.

—Sigue, Francisca —dijo con suavidad.

Y la niña continuó escribiendo entre sollozos.

La tarde fue cayendo y la habitación iba llenándose de una luz con reflejos dorados cuando ella acabó su castigo. Don Julio la dejó ir, pero un orgullo herido hará cualquier cosa antes que admitir su dolor, así que Francisca se sentó en las escaleras de la casona y esperó. Estaba enfadada con Raimundo por haber creído la mentira que le habían contado, aunque de quien quería vengarse era de Eduvigis, que para ella solo era una mentirosa y una llorona. Aun cuando en ese momento no se le ocurría cómo podría hacerle pagar por aquello, estaba segura de que el tiempo le traería una solución. Inmersa en esos pensamientos, vio venir a los dos a lo lejos y su enfado no hizo sino aumentar cuando el aire llevó hasta ella sus risas. Dejó que Raimundo la viera y cuando él hizo un gesto de saludo desde la distancia, se levantó de las escaleras, entró en la casa y se refugió en la habitación de sus padres.

Aquella habitación conservaba el olor de su madre, y ese olor la consolaba. El tiempo iba diluyendo la presencia intangible de Esperanza en La Casona, y así, el dolor parecía más llevadero, pero a veces —y siempre inesperadamente— un aroma, una palabra, un objeto desencadenaban el fogonazo de un recuerdo, y a partir de aquella chispa, a la mente de Francisca acudían otros muchos. Y aquella habitación estaba llena de aquellos elementos.

La tata supo dónde encontrarla cuando fue a buscarla para la cena: para entonces, Francisca se había quedado dormida en la cama grande.

Al día siguiente despertó en su cuarto. No se dio cuenta de que Miguel la había llevado allí. Cuando abrió los ojos, vio encima del tocador un frasco de cristal con una libélula revoloteando en su interior: era enorme, con alas de un negro transparente y el cuerpo de un azul intenso. Francisca se levantó para verla mejor y sintió cierta angustia al ver cómo se golpeaba contra el vidrio de su encierro.

—Es bonita, ¿verdad? —preguntó a su espalda la voz somnolienta de Eduvigis—. Rai la cazó ayer para mí.

Aquel día tampoco parecía empezar bien. ¿Cuándo iba a parar todo aquello?, pensaba Francisca. No solo se fue con su amigo, sino que además su amigo le hacía regalos bonitos. Una oleada de ira fue apoderándose de ella, y aunque sabía que lo que estaba pensando hacer en los minutos siguientes desencadenaría otra crisis de llanto de Eduvigis, tenía que hacerlo: aquella tonta se lo merecía. Cogió el frasco con su prisionera, abrió la ventana y lo destapó. La libélula dejó de golpearse con las paredes de cristal y tras encontrar la salida, voló titubeante hacia el sol que comenzaba a aparecer entre las montañas.

Francisca se vistió rápido con la nueva crisis de llanto de su hermana como fondo sonoro, tomó el frasco en su mano y, sin desayunar, salió de la casa. Si se daba prisa, aún podía hacer lo que tenía que hacer antes de que don Julio la llamara para las clases. Corrió hacia su destino, atajando por los prados y saltando vallas, evitando las veredas que habrían sido mucho más cómodas, pero más largas, y llegó a la puerta de La Traba. Luego lo pensó mejor, rodeó la casa y vio la entrada de la cocina abierta. Catalina, la criada, preparaba unas tostadas de un pan redondo y dorado y colocaba una taza blanca con un ribete de oro sobre una bandeja de plata cuando Francisca irrumpió en la estancia.

—Pero ¿qué haces tú aquí, tan de mañana? —dijo, sorprendida al verla.

—¡Hola, Catalina! ¿Está Raimundo despierto?

—Sí, sí. Espera aquí, que suba el desayuno a la señora, y le doy aviso de que baje. Tú no te muevas, ¿estamos? —Catalina sabía que la presencia de aquella niña en la casa no sería del agrado de Isabel de Ulloa, y menos aún a esa hora del día—. Sobre todo calladita. Que la señora no te oiga.

Francisca se quedó quieta, sentada en una silla de enea ante la mesa, con el tarro de cristal en sus manos. Y esperó. Pensó cómo le diría a Raimundo que ya no quería ser su amiga. Que si prefería hacerle regalos a la llorona de Eduvigis e irse con ella a cazar gusarapos, que lo hiciera, pero que ella ya no iba a ser su amiga nunca más. Unos pasos por la escalera anunciaron la inminente aparición de alguien y se sobrecogió al pensar que podía ser Isabel, pero quien apareció fue Críspulo, con el pelo revuelto y un pijama de rayas azules.

—¡Anda! ¿Qué haces aquí?

—He venido a hablar con Raimundo —pronunció muy seria.

—¿Ya no estás castigada?

—No. Ya no.

«Pero volveré a estarlo si Rai no viene pronto», pensó.

—¿Te gustó su regalo?

—¿Qué regalo?

—La *Coenagrium* que capturó ayer para ti.

—¿La qué?

—La libélula que le dio a Eduvigis para ti. ¿No te la dio?

—¿Para mí? —murmuró confusa, mirando el tarro de cristal que tenía entre sus manos y esperando que por algún milagro aquel bichito hubiera vuelto a su interior. Oyó pasos otra vez y al poco Raimundo entró en la cocina, con el mismo pijama de rayas que su hermano: lo único que llegó a ver fue la espalda de Francisca saliendo por la puerta como alma que lleva el diablo.

—¿Qué quería? —preguntó a su hermano.

El otro se limitó a encogerse de hombros.

Francisca corrió de nuevo por los prados, intentando llegar a casa antes de que don Julio empezara la clase. El sol ya comenzaba a subir en el cielo y sospechaba que le caería una buena regañina y seguramente otras cien líneas de caligrafía. Puede incluso que esta vez fueran doscientas.

A poca distancia de La Traba, se encontró con Miguel a caballo. Su hermano apretó el paso y llegó a su altura enseguida.

—Francisca, ¿dónde estabas? —dijo con voz severa. Cuando su padre o su hermano mayor dejaban de llamarla *Chiqui* y la llamaban *Francisca*, la niña sabía que nada bueno vendría a continuación. Miguel tendió la mano y la aupó a lomos de Jara, aquel caballo grande y negro que a Francisca le parecía una prolongación de su hermano. Él espoleó y galoparon rápido hacia la Finca del Río, para tranquilizar a Enrique, que la buscaba por aquellos lugares. Su padre dedujo, con acierto, que seguramente estaría allí, subida al nogal, o en casa de los Ulloa.

—Estaba en casa de Raimundo —dijo ella en cuanto llegaron a la altura de su padre—. No he hecho nada malo.

—¿Cómo que no? Has desaparecido de la casa sin decir nada a nadie. ¿Acaso no te parece eso malo?

—Tenía que hacer una cosa. Era muy importante.

—¿Qué es tan importante como para escaparte y tenernos a todos preocupados, Francisca?

De vuelta a casa, la chica explicó lo que había pasado con su hermana. Enrique conocía a sus dos hijas perfectamente y sabía que la menor era indómita, rebelde, un alma libre, y que no era capaz de mentir; sabía también que Eduvigis, con su aire angelical, podía llegar a cambiar una realidad si ello la favorecía. Y creyó la historia de Francisca.

En cualquier caso, tenía que recibir un castigo. Y lo recibió: copiar otras cien veces «No volveré a escaparme de casa». Si eso ya era tortura, veía que iba a quedarse otra tarde sin ver a Raimundo y sin ir a buscar gusarapos. Y de nuevo, vio cómo su amigo llegaba a buscarla y ella no podía bajar a explicarle todo lo que había pasado. Pero don Julio se acercó a ella mientras estaba con su onerosa tarea de escritura.

—¿Cuánto te falta? —dijo inclinándose sobre el cuaderno de la niña.

—Aún me faltan cincuenta, don Julio.

—Bueno. Está bien. Ve con él.

—¿Puedo? ¿Ya? —preguntó incrédula.

—Sí, anda. Puedes ir.

Nunca bajó las escaleras más rápido. Nunca tardó menos en llegar a la puerta de la casa y en acudir al encuentro de su amigo.

—¿Habrá gusarapos? —preguntó a su amigo mientras caminaban.

—Ayer quedaban algunos —contestó él—. Vamos a la charca del convento y vemos si aún siguen ahí.

Raimundo caminaba con un cazamariposas en la mano.

—Pero ¿qué son?

—Ahora lo verás. Espera. —Quería mantener la sorpresa para su amiga a toda costa—. ¿Te gustó la libélula?

—Sí. Mucho. Pero es que… —Francisca no sabía cómo

explicarle a su amigo sus celos al pensar que aquel era un regalo para la tonta de Eduvigis, y mintió— se me ha escapado.

Iban centrados en esta conversación cuando una voz gritó tras ellos. Miguel corría en su dirección y al llegar a su altura, saltó entre risas y se subió a la espalda de su amigo Raimundo.

—¿Dónde vais? Me voy con vosotros.

—¿Sí? —dijo Francisca encantada.

—Sí, chiquilla. Padre me ha dejado venir. Me ha dicho que hoy iba a cenar en tu casa, Rai.

—¡Ah! Sí. Ha llegado el socio de mi padre. Seguramente querrán hacer negocios —dijo, haciéndose el importante.

Francisca caminaba entre su hermano y su amigo e iban los tres juntos a buscar gusarapos. Aquello era la felicidad perfecta para ella. Si el día anterior había sido el más negro día de tormenta, el de hoy lo habían fabricado casi a su medida.

Cerca de las ruinas del convento, el río se remansaba y formaba una gran charca no demasiado profunda, pero sí cuajada de vida. El calor de la primavera aún no la había agostado y su superficie estaba casi totalmente cubierta de nenúfares tan grandes como quesos, pero lo que aquellos tres personajes iban buscando eran los juncos de su ribera.

—Mira, Francisca. Hay gusarapos. ¡Muchos! —dijo Raimundo señalando unas pequeñas protuberancias adheridas a los tallos de los juncos.

—¿Eso es? —preguntó decepcionada.

—Vamos a esperar un ratito a ver si salen —replicó él con aire misterioso.

—Pero si son gusanos y están muertos. No me gustan. —Dicho esto, se levantó y se fue. Prefería vivir su propia aventura, así que se subió al nogal cercano, mientras Miguel y Raimundo se quedaban esperando a los gusarapos. La chica los observaba de tanto en tanto desde su atalaya y no entendía qué podía haber de interesante en mirar aquellas cosas que no se movían. A lo lejos vio tres jinetes paseando por la finca y hablando. Creyó distinguir a Ramón Ulloa y a Críspulo y a un tercer hombre que no conocía, pero que le hizo gracia por su enorme barriga; pareciera que fuese a romper el lomo del pobre caballo que lo aguantaba. Vio cómo se dirigían hacia la ladera de la montaña e iban haciéndose cada vez más difusos, hasta desaparecer entre los fresnos.

—¡Chiqui, baja! ¡Corre! —oyó que decía su hermano—. Date prisa.

Bajó del árbol con la habilidad de un primate y corrió a la charca, donde Raimundo la tomó del brazo y le hizo acercarse.

—¡Mira! —dijo señalando a los gusanos que se aferraban al tallo.

Y entonces se obró el milagro. Varios de aquellos gusanos empezaron a moverse imperceptiblemente, su tórax comenzó a abrirse y de aquellas cavidades secas salieron la libélulas. Por decenas y todas a la vez. Desentumecieron sus cuerpos alargados, agitaron sus alas al viento caliente de la primavera y volaron con él. Todas eran azules, como la que Francisca había liberado el día anterior. Por alguna extraña razón, las libélulas revolotearon unos segundos alrededor de la cabeza de la niña, que las miraba deleitada.

—¡Quiero una! ¡Quiero una! —decía mientras palmeaba excitada.

Raimundo tomó su cazamariposas y con toda la delicadeza de que fue capaz, capturó uno de aquellos seres que tanto entusiasmaban a su amiga.

—¿Esta sí es para mí?

—La otra también lo era —contestó él, ruborizándose. Aquel rubor creció tanto que pasó las fronteras de las mejillas de Raimundo y se contagió a las de Francisca. Miguel no pudo evitar sonreír al ver a aquellos dos niños con las mejillas encendidas.

—A ver si Eduvigis va a tener razón… —dijo riéndose.

—¿Por qué? —preguntó Raimundo inocente. Por toda respuesta, Francisca sacó la lengua a su hermano y salió caminando hacia casa con su tesoro entre las manos.

Cuando se sentaron a cenar aquella noche, Francisca

puso al lado de su cubierto el mismo frasco donde estuvo la otra libélula, que ahora contenía la que Raimundo había capturado para ella, sin ningún intermediario. Eduvigis la miró y cenó en silencio. Seguramente su padre no le habría dejado tener aquello encima de la mesa, pero él no estaba. Aquella noche cenaba en casa de los Ulloa.

6

Cuando Catalina abrió la puerta a Enrique Montenegro, lo primero que llegó a oídos de este fue una potente risotada de un timbre desconocido. Su mente no pudo evitar hacerse una imagen de la persona que había emitido aquel sonido. Debía de ser un hombre grande y fornido, con una gran caja torácica, para producir aquello tan sonoro. Probablemente alguien de mediana edad y con una importante barriga.

—El señor le espera en el salón de fumar, don Enrique —dijo Catalina. Y añadió en un murmullo—: Está con su socio.

Al contrario que su ama, ella sí apreciaba a los Montenegro. No en vano, Esperanza trabajó en esa casa antes de que llegara la señora Isabel, y habían cruzado muchas confidencias durante sus tareas. Pero Esperanza había tenido la suerte de elegir a un buen hombre y de casarse con él.

Enrique pasó al salón y como esperaba, una nube de humo de habano impactó en su nariz. Ramón y su socio estaban recostados en sendos sillones de cuero, que abandonaron para recibir al recién llegado. Dejaron los puros en el cenicero de plata, que abría su bocaza al lado de dos copas de jerez. Enrique comprobó que la apariencia física de Josechu Arriaga, el socio de Ramón, coincidía con la que había imaginado al escuchar su risa. Sobre su oronda tripa, una gruesa cadena de oro; era el único detalle que su imaginación no había anticipado.

—Amigo Montenegro, ¡por fin nos conocemos! —dijo Josechu Arriaga, avanzando hacia él con su mano derecha tendida.

Después del apretón de manos, Arriaga le dio un abrazo con tal fuerza que casi le parte en dos. Enrique no era un hombre pequeño, pero el vasco era realmente un gigante. Montenegro no entendía toda aquella efusividad y mucho menos el uso de la palabra *amigo* nada más conocerle, por lo que, si ya intuía que la razón de aquella invitación tenía algo que ver con la Finca del Río, aquel comportamiento no hizo sino confirmar que, muy probablemente, aquella cena acabaría antes de llegar a los postres.

Eso mismo pensó Ramón al ver la cara de Enrique: aquello había empezado por mal camino. Conocía a su amigo y conocía a su socio y, como ya había prevenido a Josechu, la cordialidad impostada no era la mejor manera de ganarse a Montenegro. Arriaga había hecho oídos sordos con un «déjame a mí, Ulloa» y así habían llegado a una situación que desde luego no iba a desembocar en los objetivos que pretendían ambos socios con la finca en discordia.

Como buen castellano, Enrique prefirió tomar el toro por los cuernos y abrió el fuego sin más dilación.

—¿Y a qué debo el honor de esta invitación? —dijo no sin cierta ironía al tiempo que se sentaba en el sillón que había en medio de los que ocupaban sus contertulios.

—A ciertos temas que sería más agradable tratar después de la cena, amigo Montenegro —contestó Arriaga, sin dejar hablar a Ramón.

—Preferiría empezar ya, aunque cerremos en los postres, señor Arriaga —replicó Enrique seco.

—Como quiera. Sin duda es usted consciente del atraso de nuestro país en materia de comunicaciones; cualquiera diría que seguimos en los cincuenta y no en el 65 —dijo el vasco, aunque su intento de broma no ganó ni una sonrisa de Montenegro. Carraspeó, se puso serio—: Seguramente usted no sepa que toda Europa está desarrollando una red de ferrocarril que facilita el transporte de mercancías a las grandes ciudades y cubre sus demandas de alimentos y materias primas…

—¿Podemos ir al grano sin la lección de finanzas? —interrumpió Enrique, crispado por lo que intuía se iba a convertir en una lección magistral sin otro objetivo que llamarle indirectamente iletrado o reaccionario. No estaba dispuesto a ponérselo fácil.

—Déjeme explicarle, amigo... —Arriaga tomaba aire e invocaba una paciencia a la que no estaba acostumbrado. Por su parte, Enrique invocaba la suya ante el uso reiterado de la palabra *amigo*—. Es imprescindible, como un compromiso con el bien de este nuestro país, que ciertos elementos de la sociedad se comprometan con su progreso. Los que podemos, por nuestra posición social y nuestro nivel cultural, tenemos la obligación...

—Veamos, Arriaga —cortó de nuevo Enrique—. Se lo resumo yo. Ustedes quieren mi finca porque necesitan la madera de sus bosques y explotar las minas de hierro que les han dicho que hay en ellas. ¿He resumido, sin florituras, el objetivo de este encuentro?

Arriaga quedó desubicado por lo expeditivo de la aseveración de Enrique y solo pudo asentir con la cabeza. Ramón se sintió en la obligación de intervenir para dar un momento de recuperación a su socio.

—Enrique, lo que Josechu quiere explicarte es que es un atraso tener esa finca sin explotar o dedicada a la ganadería, pudiendo sumar sus recursos al progreso de España. Por eso...

—¿Y qué te hace pensar que mis vacas no contribuyen al progreso, Ramón? ¿Para qué quieres tu ferrocarril, si no tienes nada que transportar en él? ¿A qué dedicarás la finca cuando ya no queden bosques que talar? ¿A la ganadería? ¿Al cultivo?

El razonamiento de Enrique dejó también a Ramón sin palabras.

—Hablando en román paladino, señores. Ustedes quieren mi tierra, y mi tierra no está en venta. ¿Acaso no estoy pagando lo que te debo, Ramón? Religiosamente, además.

—Ramón ha sido demasiado blando en este negocio, movido con toda seguridad por la amistad que los une a ustedes dos —intervino de nuevo Arriaga, ligeramente irritado—. Pero yo quiero hacerle ver, amigo Montenegro, y a pesar de su testarudez, la conveniencia de esta transacción para todas las partes. Le compraríamos la finca por un buen precio.

—Señor Arriaga, ¿qué parte de «mi finca no está en venta» no ha llegado a su entendimiento? Tengo la impresión de que la testarudez anda bien repartida en esta habitación —dijo Enrique con toda su calma.

—Enrique, por Dios, moderemos el tono.

—No, Ramón. Sé que esta es tu casa, pero he sido insultado en ella. No soy yo quien debe moderar su tono.

—Creo que deberías escuchar la propuesta de Arriaga.

—Si mal no recuerdo, el trato sobre esa tierra era entre tú y yo. ¿Me equivoco? —Ramón asintió con la cabeza—. Y tú mejor que nadie sabes lo que esa tierra significa para mí, lo que significaba para Esperanza, que en paz descanse.

—Los sentimentalismos absurdos no pueden impedir el progreso —articuló Arriaga fanfarrón.

—Josechu, estamos errando el camino. —Ramón intentó calmar lo que venía a continuación, consciente de que lo que su socio acababa de decir solo serviría para terminar con la escasa contención que ya le quedaba a Enrique. Este, haciendo en apariencia caso omiso de la frase de Arriaga, se levantó y habló con voz calmada:

—Ramón, me vas a disculpar, pero mi presencia aquí sobra. No voy a seguir hablando en ciertos términos. Y prefiero, por respeto a tu casa y a tu familia, irme en este momento. Discúlpame con Isabel como puedas.

—Avengámonos a razones. Puede que por no escuchar sea usted quien más tenga que arrepentirse en un futuro.

También el vasco se había puesto en pie y le hablaba con gesto grave y desde demasiado cerca.

—¿Me está amenazando, señor Arriaga?

—Digamos que le doy un consejo de amigo. O vende, o aténgase a las consecuencias —indicó mucho más retador esta vez.

Por toda respuesta, Enrique soltó su puño, que impactó en la mandíbula de aquel gigantón, dejándolo aturdido y de vuelta a sentarse en su sofá de cuero, tras llevarse por delante la mesita con las copas, el cenicero y la botella de jerez.

—¡Yo no soy su amigo, rediez! —dijo mientras colocaba las solapas de su chaqueta, y antes de salir hacia la puerta de entrada. A su espalda, Josechu Arriaga amenazaba.

—Va a pagar esto muy caro, Montenegro. Muy caro.

Conforme bajaba las escaleras de la puerta principal e iba a la cuadra a ensillar su caballo, a Enrique Montenegro solo se le ocurría una palabra para definir a aquel tipo.

—Patético —murmuró al tiempo que subía a lomos de su animal.

Tenía sus razones para defender su postura. Aparte de la legitimidad de la forma en que adquirió su tierra y el valor sentimental de la misma, estaba el hecho de que la cosecha para aquel año por fin se preveía buena. El clima estaba siendo benévolo y el trigo empezaba a brotar fuerte en los campos. Las vacas frisonas que había comprado cinco años atrás habían resultado una inversión excelente que había cubierto ya su coste con los ingresos derivados de su producción de leche. Creía incluso que era posible saldar antes del plazo establecido la deuda que en su día había contraído con Ramón Ulloa. Después de años aciagos, la fortuna parecía haber dado un quiebro para favorecer a los Montenegro. Y en aquellos pensamientos trotaba suavemente hacia La Casona en medio de la calma de los campos de Puente Viejo, aquella noche de primavera.

Mientras, en la casa de los Ulloa los ánimos seguían alterados. Isabel había acudido al escuchar que los hombres alzaban la voz y solo le dio tiempo a ver la espalda de Enrique Montenegro desapareciendo por la puerta. Con ella, Catalina, para recoger los resultados del desaguisado que el puñetazo de Enrique había causado en el mobiliario.

—¡Por Dios! ¡Ese hombre es un cafre! —exclamó Isabel cuando Arriaga le contó su versión de los hechos—. Si yo fuera hombre, le retaría en duelo.

—No es el momento de echar más leña al fuego —dijo Ramón, intentando pararla. Conocía lo insoportable que podía ser su mujer a la hora de avivar una disputa.

—No son necesarios los duelos, Isabel —coincidió Arriaga con una amargura profunda en la voz—. Hay otros medios más convincentes y menos violentos.

—Josechu, te recuerdo la amistad que me une con Enrique. —Ramón era consciente de que su socio no tenía demasiados escrúpulos a la hora de vencer los obstáculos que se interponían entre su voluntad y sus negocios.

—Precisamente por esa amistad estamos como estamos. A Josechu Arriaga no le para un campesino pendenciero, testarudo y sentimental. Si no ha querido por las buenas, querrá por las malas. —La indignación de Arriaga crecía de tal forma que no reparaba en quién estaba en aquella habitación, como Catalina, que recogía los últimos cristales que se habían incrustado en la alfombra.

—Hay ciertos límites que no voy a traspasar, Josechu.

—No seremos ni tú ni yo quienes los traspasemos, amigo Ulloa. Puedes estar tranquilo. Pero hay que tomar medidas.

Isabel contemplaba impresionada el ímpetu de aquel hombre, que echaba de menos en su esposo. No es que Ramón fuera ni mucho menos un pusilánime, pero si se trataba de los Montenegro, añoraba un poco más de contundencia. De hecho, le hubiera gustado que su marido la apoyara cuando ella intentaba impedir las aventuras de Raimundo con los niños Montenegro y especialmente con Francisca, a la que consideraba un ser cargante. Ella misma no entendía el porqué de la inquina de una mujer hecha y derecha contra una niña tan pequeña, pero realmente la sacaba de quicio.

Por su parte, Ramón sabía a lo que podía llegar su socio. Cierto era que Ulloa tenía un afán de riqueza, y que el trato que daba a los trabajadores de sus fábricas textiles no era precisamente benévolo, pero su formación humanística le creaba ciertas crisis de conciencia. Arriaga, en cambio, carecía de estos conflictos morales. No dudó en reprimir por la fuerza un conato de huelga en una de sus fundiciones de Bilbao, represión que se saldó con cinco trabajadores muertos. Josechu Arriaga envidiaba el progreso en Europa, era cierto, pero desdeñaba las reivindicaciones laborales que se iban extendiendo por el continente y que estaban llegando con cierta fuerza a España. No porque no fueran justas, sino porque en una cabeza labrada en una educación burguesa que defiende los privilegios de los más favorecidos, los trabajadores eran poco más que ganado. «Las cosas siempre han sido así y así continuarán siendo», pensó. Frase extraña en una época que, aun sin él saberlo, ya auguraba cambios.

7

—Tata, ¿por qué yo no puedo ir con Miguel y padre a ver las fincas?

—Porque eres una niña —replicó Eduvigis. Las hermanas Montenegro desayunaban en la cocina con la tata Leonor, como todos los días.

—¿Y las niñas no podemos ver las fincas? —preguntó mientras daba un mordisco a una rebanada de pan de hogaza con aceite y azúcar—. Tata, ¿no podemos?

—No, Francisca. Es Miguel quien tiene que aprender lo que sabe tu padre para poder ser el amo cuando sea mayor.

—Pero yo también puedo aprender. Y de mayor ayudaré a Miguel y a padre.

—No, niña. Esas son cosas de hombres. Hay cosas que solo hacen los hombres.

—Pero yo puedo hacer cosas de hombres, tata. Puedo

trepar a los árboles, puedo llevar pantalones, puedo montar a caballo…

La tata conocía aquellos razonamientos de Francisca. Siempre había tenido argumentos para justificar lo que ella quería y ahora, con doce años, era cada vez más difícil rebatírselos, porque en el fondo encerraban grandes verdades y Leonor lo sabía.

—Francisca, tú tienes que aprender a coser, a llevar la casa. Cuando seas mayor necesitarás todo eso para encontrar un buen marido.

—Yo no quiero coser. Ni quiero un marido.

—¿Quieres ser una solterona y acabar sola o en un convento?

—No, en un convento no. Quiero quedarme aquí. Con padre y Miguel y contigo. De mayor, pero con vosotros. Que se case Edu.

—Yo sí me casaré —dijo esta rápida—. Y tendré muchos hijos.

—¿Y con quién te vas a casar, muchacha? —preguntó la tata Leonor.

—Pues un día iremos a Madrid, al teatro, y conoceré a un conde y me casaré con él.

—O a un emperador —rio Francisca. Con el rabillo del ojo, Leonor adivinó el mohín de Eduvigis y se apresuró a atraer la atención de ambas:

—¿Queréis que os cuente cómo se puede adivinar quién va a ser vuestro marido?

—Yo no —dijo Francisca.

—Yo sí, tata —dijo Eduvigis entusiasmada.

—Hay una noche mágica en el año: la noche de San Juan.

—¿Eso es esta noche?

—Esta noche, sí, Edu. —Eduvigis escuchaba atenta y Francisca también. Puede que no le interesara tener marido, pero a pesar de su negativa, cualquier cosa que se pareciera a una historia captaba inmediatamente su atención. Leonor siguió hablando, como quien cuenta un secreto—: Y sé de buena tinta que si una niña se asoma a su ventana a la medianoche de ese día, verá pasar bajo su alféizar al amor de su vida. Eso le ocurrió a vuestra madre con vuestro padre…

—Sí, tata, pero porque yo me puse debajo de la ventana de Esperanza y tiré piedras contra los cristales. —Enrique acababa de entrar en la cocina y había escuchado la última parte del relato. Francisca saltó de su silla y se sentó inmediatamente en las rodillas de su padre—. ¿Tú no eres ya un poco mayor para esto, Chiqui? —La niña negó con la cabeza y se abrazó a su cuello.

—Pero es verdad que os casasteis, padre —dijo Eduvigis—. Así que es verdad lo que dice la tata.

—¿Y si no pasa nadie? —preguntó, obvia, Francisca.

—Pues será el primer hombre que te abrace el día de San Juan —improvisó Leonor—. O tendrás que esperar al siguiente año.

—Esta noche pasará debajo de mi ventana... —dijo Eduvigis convencida.

—Sí, esta noche pasará el emperador de Rusia debajo de tu ventana —rio Francisca—. Y mañana volverá para abrazarte.

—Y Raimundo te abrazará a ti. Ya lo verás —dijo Eduvigis puntillosa.

—¡Qué manía con Raimundo!

—Zape, zape... Que ya vais a empezar las dos —apaciguó su padre.

—El señorito Miguel salió de buena mañana, señor —dijo la tata, cambiando de tema.

—Lo sé. Iba a los trigales. Yo me acercaré a Puente Viejo a contratar algunos braceros más. Rafael acudirá conmigo. En breve, segaremos.

—Habrá buena cosecha este año, señor.

—Muy buena. A ver si salimos ya del pozo de las deudas y podemos vestir a estas niñas como señoritas. Bueno, a ti no —dijo tirando de las trenzas de Francisca—. A ti como un señorito.

—¿Puedo ir contigo a Puente Viejo, padre?

—Pero si voy a hablar con los braceros.

—Así aprendo —dijo convencida.

—Hoy se ha levantado con esa retahíla —justificó Leonor.

—Cosas de niñas.

—Pero ya no es tan niña, don Enrique. Dentro de cinco meses hará trece años. Y tendrá que aprender cosas de mujeres.

Francisca miraba a su tata con cara de disgusto. Enrique, por su parte, miró a sus dos hijas: Leonor tenía razón. Edu ya soñaba con casarse y Francisca no tardaría en empezar a hacerlo. Su pequeña estaba creciendo y él acababa de darse cuenta de ello. Sumido en las tribulaciones de los últimos años, apenas había observado a sus hijas. Miguel era su compañía y lo había visto madurar y ganar seguridad en la vida. Era un buen hijo y Enrique estaba seguro de que sus tierras quedarían en buenas manos cuando él faltara. Sabía qué era lo que debía enseñar a un hombre, pero desconocía de todo punto cómo debía hablársele a una mujer. No obstante, confiaba en que la tata lo hubiera hecho. Al menos con Eduvigis. Era la única mujer que podía hacerlo.

También percibió que Francisca cada día se parecía más a su madre. Era una niña alta para su edad y aquellos ojos, que parecían capaces de disipar todas las nieblas, iban haciéndose cada vez más profundos. Mirarlos era, para Enrique, recordar a Esperanza. Si es que había algo que necesitara para invocar su memoria. Desde que su mujer murió, no pasó ni un solo día sin que se acordara de ella. Al principio los recuerdos eran numerosos y punzantes, mas poco a poco fueron escaseando y mitigando el aguijonazo cuando aparecían. Enrique aprendió a vivir con ellos, igual que debieron hacerlo sus hijos. Pero tantos años después de la partida de su compañera sabía que su recuerdo, más o menos claro, permanecería siempre en su vida.

—Padre, ¿nos vamos? —Aquella vocecita llegó a Enrique como en una nebulosa y lo apeó de sus recuerdos.

—¿Dónde?

—Al pueblo.

—No, Chiqui. Tienes que estudiar con don Julio.

—Pero…

—Sin peros. He dicho que no —pronunció con autoridad no exenta de cariño.

Rafael, el capataz, esperaba en la puerta a Enrique con los dos caballos sujetos por la brida. Ya en el umbral, Montenegro lo pensó mejor.

—¡Francisca! —gritó, y la niña asomó por la puerta de la cocina—. ¡Sube!

—¡Pero para ir al pueblo, te pones un vestido, niña! —ordenó la tata.

—¡No!

—Haz caso a tu tata, Chiqui. Tiene razón. Sube y cámbiate. Te espero.

A regañadientes, Francisca se cambió. El premio valía la pena, así que no perdió demasiado tiempo discutiendo.

La plaza de Puente Viejo hervía de vida en aquel día que abría paso al verano, y la fuente estaba adornada con guirnaldas de flores para festejar la noche más corta del año. Era día de mercado y los puestos de frutas llenaban el aire de un aroma de estío. Puede que en todo el resto del país el ambiente estuviera alterado con conatos de revueltas sociales, como de hecho lo estaba —algunas promovidas por obreros de la incipiente industria que reclamaban mejoras en sus condiciones de trabajo; otras, por políticos descontentos con el gobierno encabezado por la Unión Liberal de Leopoldo O'Donnell—, pero Puente Viejo conseguía vivir relativamente tranquilo y alejado de conflictos en su pequeño valle.

En las épocas en que las labores del campo requerían mano de obra, los braceros aparecían y se instalaban en gradas en la plaza. Cuando era temporada de siega, la mayoría llegaban con sus guadañas y permanecían sentados, apoyados en sus mangos. Aquel día las gradas de la plaza parecían un cuadro de lanceros de alguna batalla de la época de gloria del Imperio. Allí, los segadores esperaban a que alguien los contratara, ofreciendo su trabajo como los puestos de la plaza ofrecían los frutos de los huertos. Enrique contrató tres cuadrillas. Negoció con ellos un salario para la temporada en jornadas de sol a sol; el destajo que cobrarían al final de la faena. Como en La Casona no había barracones para los temporeros, tendrían que dormir al raso o, en el mejor de los casos, protegidos por las gavillas del mismo cereal que fueran cortando.

Francisca no podía parar quieta y andorreaba por la plaza. Pero claro, si había algún sitio al que pudiera subirse, no dudaba en trepar y aquellas gradas de los braceros suponían todo un reto para ella. Así que allá fue, sin contar con que, acostumbrada al nogal y a los pantalones, aquellas gradas y aquellas vaporosas faldas eran elementos que podían traerle problemas. Se dio cuenta cuando fue a subir el último escalón de las gradas de los segadores, pisó su falda y la cadencia normal de su paso falló y cayó, con la suerte de no hacerlo en el suelo, sino en brazos de un joven de unos veintipocos, moreno y apuesto, que no parecía uno de los braceros que abundaban aquel día.

—¡Menos mal que pasaba por aquí! —dijo sonriendo—. ¿Estás bien?

Francisca, asustada por la caída, intentó zafarse de los brazos del desconocido, pero no lo consiguió.

—¡Tranquila! No te voy a hacer daño, señorita. ¿Cómo te llamas?

—Francisca Montenegro —dijo girando la cabeza en busca de su padre, que ya se acercaba hacia ella.

—Muchas gracias, caballero. Soy Enrique Montenegro —dijo este al tiempo que tendía su mano hacia el otro.

—No ha sido nada. Salvador Castro, para servirle, señor. —El joven depositó a Francisca en el suelo y respondió al saludo de Enrique.

—Hija, deberías darle las gracias a este caballero.

—¡Gracias! —dijo, escondida detrás de su padre.

—De nada. Ya sabes, la próxima vez que te caigas, espero andar cerca…

—¡Yo nunca me caigo! ¡Son estas faldas! —replicó indignada con su torpeza.

Enrique rio la ocurrencia de su hija.

—Es una larga historia —bromeó con Salvador—. Bueno, le deseo que tenga un buen día.

—Igualmente, señor Montenegro —dijo tocando el ala de su sombrero a modo de saludo—. Adiós, pequeña.

Enrique cerró el interrumpido trato con los braceros pidiéndoles que fueran al día siguiente para empezar los trabajos de la cosecha, y partieron de vuelta a La Casona.

Aquella noche, poco antes de que dieran las doce, Eduvigis se asomó a la ventana de su habitación y esperó. Era una noche clara y la luna redonda y amarilla brillaba en un cielo sin apenas estrellas. Hacía calor, y el canto de la chicharra acentuaba una sensación de pesadez, como si el aire estuviera pegado a la tierra. A lo lejos vio el resplandor de lo que debían de ser las hogueras de San Juan, e imaginó que en algún momento ella saltaría una con el hombre que pasaría esa noche bajo su ventana. Pero algo extraño llamó su atención: las hogueras no estaban del lado de Puente Viejo, estaban del lado de los campos. Y aquel resplandor comenzaba a crecer y todo el horizonte se volvía una sinuosa línea de fuego. De repente, la chicharra dejó de ser el único sonido de aquella noche. Oía mugidos salvajes de vacas, relinchos locos de caballos y a su espalda la voz de su padre:

—¡Miguel, Miguel! ¡Despierta! ¡Fuego! ¡Los campos se queman! —gritaba fuera de sí mientras entraba en la habitación de su hijo.

Miguel salió a medio vestir de su cuarto y siguió a su padre escaleras abajo. Francisca había saltado también de su cama y, también a medio vestir, salió por la puerta. Bajó las escaleras corriendo, pero la tata Leonor se cruzó en su camino.

—¿Dónde vas tú?

—Con padre.

—Tú te quedas aquí, conmigo.

—¡Padre!

Enrique vio las intenciones de su hija.

—¡No es el momento! ¡No tienes nada que hacer conmigo! ¡Demonio de niña! —pronunció mientras salía por la puerta.

—Padre, ve al pueblo a pedir ayuda. Yo reúno a los braceros.

Miguel ya había salido corriendo hacia la cuadra y cuando Enrique llegó estaba ya a lomos de Jara, su caballo.

—Miguel, ve tú al pueblo.

—No, padre. Yo ya estoy. Ensilla y ve tú. —Y salió como una centella hacia los barracones de los braceros, que ya habían despertado y salían en dirección al fuego—. Rafael —gritó Miguel al capataz—, abre los establos. Que salgan los animales.

Enrique cabalgó hasta casi reventar su caballo. Al subir la colina pudo evaluar, sin pararse, la magnitud del incendio: aquello no iba a poder controlarse. Ni con mil hombres, que no los tenía, lograrían sofocarlo. Aun así siguió cabalgando y al llegar al pueblo escuchó las campanas que tocaban a rebato. Se encontró con una fila que, en dirección contraria a la suya, iba hacia el fuego. Con cubos, hachones de paja en las manos, corrían encabezados por el padre Clemente hacia el resplandor en el horizonte.

Cuando alcanzó el camino que acababa en La Traba vio cómo los braceros de los Ulloa acudían también, con Ramón en cabeza. Se adelantó y unió grupas con su amigo y cabalgaron hacia las llamas.

En los terrenos de La Casona, Miguel intentaba organizar desde su caballo y con las armas de su joven experiencia a los escasos hombres con los que contaban aún. Formaron una fila desde el río hasta uno de los campos e iban acarreando agua, cubo a cubo y de mano en mano, pero el trigo, ya encañado, ardía como teas despidiendo un olor mezcla de brasa y pan quemado.

—¡Baja del caballo! —gritaba Enrique mientras se acercaba corriendo tras amarrar el suyo. Un caballo en un incendio era muy peligroso e imposible de controlar, pero Miguel no entendía lo que decía su padre, en medio de los silbidos del fuego. Lo intentaba en vano. Estaba ocupado organizando a los hombres e intentando controlar a un animal que piafaba y se encabritaba por momentos. De repente, una lengua de fuego se elevó delante del muchacho, con un ruido sordo. Y Jara, ya de por sí nervioso, se encabritó, loco de miedo. Miguel consiguió no caer, pero el caballo ya estaba desbocado y corría para alejarse de las llamas.

Al verlo, Enrique recuperó su montura y salió en pos de su hijo. Trataba de alcanzarlo, pero aquel animal galopaba como si lo hubiera poseído un demonio.

Miguel no conseguía pararlo y a medida que se alejaban del incendio y entraban en la oscuridad, el jinete perdía la referencia del terreno. Llegaron a la valla de piedra que rodeaba la Finca del Río. El jinete la intuyó y pensó en intentar salvarla como otras tantas veces. Enrique adivinó las intenciones de su hijo y supo que aquella vez, Jara no saltaría, pero no podía hacer nada por impedirlo. Vio cómo el caballo paraba en seco ante el obstáculo y proyectaba a su jinete, que cayó por encima de su testuz a una velocidad de vértigo e impactó contra el duro suelo de espaldas. Aquel terreno no era el de los trigales. Era un suelo abrupto y pedregoso. La cabeza de Miguel golpeó con un chasquido seco contra una de ellas, y él quedó inmóvil.

Enrique echó pie a tierra con la esperanza de que su hijo hubiera tenido suerte en aquella caída, y con el gélido temor de que hubiera resultado fatal. Cuando se arrodilló junto al cuerpo de Miguel, ambos, esperanza y temor, se disiparon para dejar paso a la sólida certeza de que su hijo estaba muerto: la sangre que manchó su camisa al levantar su cabeza lo corroboraba. Enrique lanzó un grito desgarrado que nadie escuchó, tal era el fragor de las llamas que devoraban, ávidas, el futuro de los Montenegro. Nadie. Ni siquiera Dios.

Francisca y Eduvigis estaban sentadas en las escaleras de La Casona, mirando expectantes y calladas hacia el horizonte incandescente, cuando vieron que se acercaba un jinete. Despacio, emergía de la oscuridad y su imagen se iba haciendo más nítida. Al distinguir la silueta, Francisca corrió a su encuentro sin entender por qué su padre llevaba a Miguel en su caballo o por qué le abrazaba así contra su pecho. Cuando se acercó, todo tomó un trágico sentido. Su padre no hablaba y ella tampoco lo hizo.

El jinete no varió la cadencia del paso de su montura y llegó a la puerta de la casa. Desmontó, tomó en brazos el cuerpo de su hijo y lo llevó a su habitación. Las niñas lo siguieron.

—¿Llamamos al médico, padre?

—Está muerto, Francisca. Tu hermano ha muerto —respondió, sin mirarla, mientras depositaba el cuerpo de Miguel en su cama.

Francisca calló. «Muerto.» Su hermano estaba muerto. Y sintió cómo algo se partía dentro. En su pecho. No sabía lo que era, pero dolía y no dejaba respirar. De repente lo identificó: era la misma sensación que tuvo cuando murió su madre.

Enrique les mandó salir de la habitación y cerró la puerta tras ellas. Quedó a solas con el cadáver de Miguel. Miró su rostro, calmado, sin ningún rastro del trauma. Y lloró. Lloró con la desesperación con que solo puede hacerlo quien pierde a aquel que está llamado a seguir su estela en el mundo. Aquel que no entiende la muerte de quien, en justicia, tendría que morir después. Como solo puede hacerlo un padre por su hijo.

Otro fuego fue apareciendo tras las montañas. Rojo y redondo. El sol se alzó ajeno a la tragedia de la noche anterior. Aquellas tribulaciones de los hombres no bastaban para detener su ciclo —en realidad, el de ningún elemento de la naturaleza—, y fue subiendo en el cielo e iluminando una tierra negra, abrasada. Y a grupos de hombres agotados, sudorosos y cubiertos de ceniza que volvían a sus casas y a sus barracones, derrotados por un incendio que en ningún momento estuvieron cerca de poder controlar.

Ramón cabalgaba de vuelta a La Traba al mismo paso cansino que sus hombres. En su mente, una terrible sospecha respecto a la causa de aquella calamidad.

Paró en La Casona y la tata Leonor le contó lo que había pasado. O al menos lo que sabía.

—El señor no ha salido de la habitación del señorito Miguel, don Ramón. Lo ha velado toda la noche.

Ulloa pensó que era mejor seguir camino hacia su casa. Josechu desayunaba en el salón y al verlo, Ramón se dirigió hacia él a grandes zancadas. Arriaga apenas pudo pronunciar la primera sílaba de un «buenos días» cuando el otro ya lo tenía agarrado de las solapas y lo levantaba casi de la silla.

—¡Dime que tú no has ordenado esto! —pronunció con voz rotunda Ramón, acercando su cara a la del vasco.

—¿De qué me hablas?

—Dime que tú no has ordenado quemar los trigales de los Montenegro —repitió con ira, sacudiéndolo de nuevo con tal violencia que el café se derramó encima del mantel de hilo y salpicó los pantalones a rayas de Arriaga.

—¿Estás loco? ¿Cómo voy a hacer eso?

—¡Júramelo!

—¡No te lo voy a jurar! Me ofende que incluso puedas pensarlo. Solo por eso, no te lo voy a jurar —casi gritó Josechu, ofendido.

Ramón se calmó y se dejó caer en la silla a la derecha de Arriaga.

—Ha muerto el hijo de Enrique —pronunció en voz baja—. Era un niño. Apenas tenía dieciséis años.

—¡Vaya! Eso sí que es una desgracia.

—Lo es. Y su ruina también.

—Bueno, Ramón. No podemos solucionar ninguna de las dos cosas. La vida tiene estos reveses. —Arriaga puso su mano encima del hombro de su socio—. Y a nosotros más nos valdría adelantarnos: sabes tan bien como yo que este mes fallará en su pago… —apuntó retomando su discurso, siempre tan práctico, tan racional, tan lejano a los sentimientos.

—No voy a ejecutar el embargo sobre la Finca del Río, Josechu —replicó Ulloa conforme apartaba el brazo. No necesitaba su compasión en ese momento, y ese último comentario, por lo inoportuno, le había hecho daño.

—Deja que pasen unos días. Todo está muy alterado.

—No lo haré —repitió convencido.

Josechu sabía que no era el momento de insistir. Pero aunque hubiera querido hacerlo, la irrupción de Raimundo en el salón para desayunar lo hizo imposible. Estaba ya vestido, aunque el sueño aún se resistía a desaparecer de sus ojos. Ramón miró a Josechu, que entendió que debía dejarles solos.

—Rai, hijo. Tengo que decirte una cosa —tanteó.

—¿Qué pasa, papá?

—Hijo, ha pasado algo terrible… Anoche hubo un incendio en los trigales. Tu amigo Miguel… se ha caído del caballo.

—¿Miguel? Miguel nunca se cae del caballo, papá —afirmó con el convencimiento absoluto de que su padre se equivocaba.

—Sí, hijo. Ha sido un accidente.

—¿Está bien?

Ramón negó con la cabeza.

—Ha muerto, Rai.

Raimundo calló. Se quedó inmóvil, sentado, aferrado a los brazos del asiento, con los ojos bajos. Ramón lo abrazó y Raimundo lo permitió unos instantes, pero de repente se levantó y salió como un rayo, a la carrera hacia La Casona, mientras las lágrimas empezaban a brotar de sus ojos hasta casi borrar el camino.

Cerca ya, algo le dijo que no podía ir allí: tenía miedo de ver a su amigo muerto. No quería guardar una imagen de Miguel que no fuera subido al nogal o cabalgando o corriendo por un campo. Cambió su rumbo y comenzó a correr hacia la Finca del Río. Corrió como un loco hacia el nogal y trepó. Al mirar hacia arriba, vio a Francisca sentada entre dos ramas, y al llegar a su altura se sentó a su lado.

—Miguel no está más, Rai —dijo ella llorando.

—Lo sé. —Abrazó fuerte a su amiga y ambos, reconfortados por aquel contacto, lloraron con un llanto triste y sin sollozos.

8

De nuevo, Enrique no veía la luz al final del túnel. Tras el fuego, las pérdidas fueron inmensas: toda la cosecha de trigo de verano había ardido y varias cabezas de ganado habían muerto en las llamas, el ganado frisón entre ellas. Los Montenegro estaban heridos de muerte por las pérdidas económicas, pero sobre todo por la desaparición de Miguel; con él, había desaparecido también cualquier posibilidad de futuro.

Solo en su despacho, leía los papeles que había firmado casi seis años atrás. Ni siquiera era Ramón quien le había hecho el préstamo directamente, sino las empresas Arriaga y Ulloa. Podía intentar negociar una nueva hipoteca con su amigo, pero su socio jamás lo consentiría. Por otra parte, estaba convencido de que aquel incendio solo podía haberlo provocado aquel a quien más favorecía, y sin duda la gran beneficiada era aquella empresa cuyo nombre leía una y otra vez en aquel contrato. Pero ¿cómo probarlo? La voz de Rafael interrumpió sus pensamientos.

—¿Da usted su permiso, patrón?

—Pasa, Rafael. Siéntate. Quería hablar contigo.

—Con todo respeto, don Enrique, sé lo que me va a decir —dijo Rafael, manteniéndose en pie.

—¿Cómo así?

—Sé que se han perdido la cosecha y el ganado. Y sé que está usted mal de dinero y que va a perder la Finca del Río si no lo consigue.

Rafael había hecho un resumen de la situación muy claro y certero, en efecto, al que Enrique asintió con la cabeza.

—Me barrunto yo que el Ulloa no le va a ayudar esta vez, patrón —decía, en pie, mientras giraba su gorra de pana entre las manos.

—No lo creo, Rafael. —Sin poder evitarlo, su vista cayó de nuevo sobre el contrato que había encima de su mesa.

—Pero yo me quedo aquí. Y conmigo se quedan muchos de los braceros.

—Ganas me dan de vender todo, si te soy sincero.

—¿Vender todo? ¿Al Ulloa?

—La Finca del Río ya es suya.

—Pues déjesela, amo. No ha traído nada más que desgracias.

Enrique no era un hombre supersticioso, pero aquel mismo pensamiento había pasado por su mente desde la muerte de Miguel: demasiadas desventuras en la familia relacionadas con aquella tierra.

—Así y todo, no puedo pagaros.

—No he hablado de dineros, señor. Hablo de trabajo. Usted y la señora Esperanza nos ayudaron en la hambruna de hace unos años. Justo es que correspondamos de alguna manera.

—Te agradezco el gesto, Rafael. Pero no sé…

—Señor, tiene que seguir. Por sus hijas. Plantaremos el trigo de invierno. Una tierra quemada es más fértil, eso sí lo sabemos.

La llegada de Eduvigis interrumpió la conversación en el despacho.

—Padre, han traído esta carta para ti.

Cuando Enrique la tomó, le bastó con ver el membrete para conocer su contenido sin necesidad de romper el lacre: procedía de las empresas Arriaga y Ulloa. Rompió el cierre con un abrecartas de marfil labrado y leyó. Efectivamente, el embargo sobre la tierra se ejecutaría si Enrique se retrasaba un solo día en el pago de ese mes, ya le avisaban. Aquella carta se había enviado hacía dos días y hacía apenas cinco que Miguel descansaba bajo el roble junto a su madre. Aquel documento venía firmado por Josechu Arriaga.

—¡Malnacido! —pronunció entre dientes. Levantó la

vista—: Déjame pensarlo —le dijo a Rafael—. Tengo que contestar esta carta. Te diré lo que decida.

—Como usted quiera, señor.

Esperaba esas noticias, evidentemente, pero no tan pronto. Y desde luego esperaba un poco más de comprensión y de piedad por parte de Ramón. Esperaba incluso que hubiera hablado con él en persona, porque lo consideraba su amigo, aunque estaba claro que debía replantearse sus lazos de afecto. No creía que valiera la pena ni siquiera acudir a La Traba a pedir explicaciones, apelando a una amistad que a todas luces ya estaba acabada.

Sin embargo, no necesitó ir a la casa de los Ulloa: aquella misma tarde, Ramón se encaminó hacia La Casona. Enrique lo vio venir y no aguardó a que llegara; le salió al paso antes de que alcanzara la puerta.

—Vete de mis tierras, Ramón Ulloa.

—Primero quiero hablar contigo y explicarte la situación.

—No. Te la voy a explicar yo a ti —espetó mientras descendía las escaleras de piedra y se acercaba a Ramón, que reculó temiendo un puñetazo—. Tranquilo, si no te voy a pegar. Esto ya no se resuelve a golpes. Eres un malnacido que ha quemado mis tierras y no ha esperado siquiera a que se enfriara la muerte de mi hijo para acudir como una garrapata a reclamar una finca.

—¿Me acusas de quemar tus tierras?

—¿A quién beneficia, si no es a ti y al gordo de tu socio? ¡Dime!

—Eso no es cierto.

—Y te acuso de ser responsable de la muerte de mi hijo.

Alzaba la voz, y las niñas, que estudiaban con don Julio, se asomaron a la ventana para escuchar la conversación.

—Has perdido la cabeza —dijo Ramón, aparentemente ofendido—. Te lo perdono porque entiendo que estás dolido.

—Tú no tienes que perdonarme nada. Eres una sanguijuela.

—Enrique, no he podido hacer nada. Mi socio ha ejercido su derecho —dijo como tímida y absurda defensa.

—Y un cobarde. ¿Acaso eres menos culpable por consentir que por actuar?

Ramón no pudo hallar respuesta a aquello. Era cierto que había ido a La Casona porque Arriaga le informó en una nota que había enviado el requerimiento, y quiso hablar primero con Enrique, pero había llegado tarde. Su socio había frustrado su último intento de actuar con algo de honor y compasión.

—No tienes redaños, Ramón. Nunca los has tenido. —El otro seguía callando y Enrique bajó el tono—. Yo saldré de esta. Lo juro por la memoria de mi mujer y de mi hijo. Pero tú, con todo tu dinero, seguirás siendo un cobarde y morirás solo, ¿me oyes? Los cobardes mueren solos.

Ante aquel odio, no había nada que Ulloa pudiera decir. Dio media vuelta y subió a su caballo. Mientras se alejaba, sentía la mirada de Enrique clavada en su espalda y el peso de todas las verdades sobre sus hombros.

De toda aquella conversación, Francisca retuvo, como tatuada en su cerebro, una frase: «Y te acuso de ser responsable de la muerte de mi hijo». El padre de su amigo, aquel cuyo abrazo la había reconfortado cinco días atrás, subidos al nogal, tenía la culpa del mayor dolor que ella estaba sintiendo. Y por primera vez desde que tenía memoria, deseó que Raimundo no apareciera a buscarla. No quería verle. Sabía que no iba a poder mirarle a la cara, ni compartir con él ninguna aventura más. Y aquella tarde, el cielo escuchó sus plegarias. El sol caía y Raimundo no vino a buscarla. El destino le había quitado de un tajo a sus dos compañeros de juegos.

Miró a Eduvigis, que leía en voz alta, y tomó conciencia de que su hermana era la única que le quedaba. Pensó que prefería la soledad. Que de hecho la necesitaba. Esa fue el arma para afrontar la muerte de Miguel. No era la primera muerte que sufría, pero sí quizá la más dura, pues aunque el espacio que dejó Esperanza era grande, Francisca contaba con escasos recuerdos de ella. Miguel, en cambio, había sido su amigo, un espejo en el que mirarse, un compañero de aventuras. Los recuerdos eran claros, físicos y numerosos. Y para Francisca, la soledad sería la única forma de no perder a su hermano.

En casa de los Ulloa y sin pretenderlo, Isabel la había ayudado a conseguir lo que quería: cuando supo del enfrentamiento entre Enrique y Ramón, prohibió tajantemente a su hijo Raimundo cualquier relación con Francisca. Dieron igual las protestas del niño, sus argumentos de que ellos no tenían culpa alguna de lo que pasaba entre sus padres. Por expreso mandato materno, las aventuras con Francisca quedaban prohibidas. Por fin, Isabel de Gormaz tenía su pequeño y mezquino triunfo.

Aquella tarde Francisca huyó a La Brava igual que vio hacer años atrás a su padre y permaneció bajo el roble que albergaba a su madre y a su hermano. A aquella tarde siguieron muchas otras. Suponía que ya no tenía ningún derecho a ir por allí, puesto que aquellas tierras pasarían en pocas semanas a ser propiedad de los Ulloa, pero era el lugar donde más fácilmente encontraba el espíritu de Miguel. En cada salto de una valla recordaba el abrazo de su hermano el día que siguieron a su padre hasta la tumba de Esperanza, las tardes comiendo nueces y viendo el sol ponerse desde el nogal. Buscaba los sitios de Miguel. E ineludiblemente, aunque el recuerdo de su hermano era fuerte, iba siempre aparejado al de Raimundo.

Algunos días después de su primera escapada, Francisca encontró a Jara, el caballo de Miguel, en una de las lomas cercanas a los bosques de la finca. Nadie se había acordado de aquel animal, ni se había preocupado de ir a buscarlo; probablemente su padre lo dio por muerto junto con el resto del ganado que había perecido en el incendio. Estaba tranquilo, pastaba con todos los arreos aún puestos. Fue hacia él, cautelosa. El animal piafó al oler compañía, pero la voz suave de la chica le devolvió la tranquilidad. Acarició su testuz y toda una mezcla de sentimientos se apoderó de ella: aquel animal había tirado a su hermano y lo había matado. Quizá su padre lo sacrificara, por cobarde, pero era el recuerdo vivo de lo que había sido Miguel.

Subió a su lomo y emprendió el camino de regreso a casa.

Al vislumbrar la valla junto a la que murió Miguel, tuvo dudas de si saltarla o no, pero decidió espolear y la salvó limpiamente. Dejó que el animal siguiera la inercia del salto y galopó, atravesando lo que hacía poco habían sido trigales ondulantes y que ahora no eran más que una superficie calcinada, que en algunos trozos iba tomando unos tímidos tonos verdes. Pensó que la vida seguía en aquellos campos, como tenía que seguir para todos los Montenegro.

Su padre estaba en uno de los trigales con Rafael, y Francisca tiró de brida para cambiar su rumbo e ir al encuentro de los dos hombres.

—Encontraste a Jara —dijo él cuando llegó a su altura.

—Estaba en la finca.

—Es un buen caballo —le dijo al tiempo que acariciaba sus crines—. ¿Lo quieres?

—Pero, padre, él mató a Miguel.

—No —Enrique negó con la cabeza. Tenía una sonrisa triste en los labios—. Era un animal asustado.

—Pero fue cobarde. —Y entonces sí, Montenegro intuyó adónde quería llegar su hija.

—Solo siguió su instinto. Eso no le hace un cobarde —replicó, para añadir luego en un tono aún más bajo—: Tampoco Raimundo es culpable de lo que quizá haya hecho su padre, como piensas.

—No quiero verle.

—Lo entiendo… —dijo tras unos segundos de silencio. Francisca le miraba pensativa—. Pero es tu amigo. Date tiempo.

Puede que no estuviera siendo justa con Raimundo, aunque a menudo los sentimientos poco tienen que ver con la justicia, y el corazón puede con lo racional. Eso le pasaba a

Francisca. Su corazón era capaz de albergar el resquemor contra su amigo por algo de lo que no tenía culpa, y no podía evitarlo.

Se enfrentaba a muchas mudanzas en su vida en esos pocos días; su esquema del mundo había cambiado y cambiaría a partir de entonces mucho más. Esa tarde, cuando volvieron a casa, sangró por primera vez.

9

Tata Leonor siempre decía que el tiempo lo curaba todo, y era verdad. A Francisca le curaba el dolor de la pérdida de Miguel y el rencor hacia Raimundo: en cinco meses pasó de no querer verle a echarle de menos casi tanto como a su hermano. Conforme avanzó el otoño, las escapadas al campo comenzaron a ser mucho más improbables y ahora, muy cerca ya del invierno, pasaba días enteros en casa. Lo bueno de aquello fue que su relación con Eduvigis mejoró sustancialmente.

Todo había sido a partir del día en que sangró por vez primera. Se asustó. Mucho. No le dolía nada salvo una sensación de pesadez en el vientre, pero sangrar nunca era señal de nada bueno, y no tenía ni idea de a quién acudir. Si aquello era una enfermedad y se lo decía a su padre, se preocuparía, igual que si se lo decía a tata Leonor. Así que subió a su habitación y buscó algo de ropa limpia. En eso estaba cuando Eduvigis entró en la habitación y la sorprendió con sus calzones manchados de rojo.

—No se lo digas a padre, por favor. —Reclamaba una discreción en la que no confiaba.

—Anda, ven. Siéntate aquí conmigo —respondió su hermana mientras daba leves palmaditas encima de la cama.

—Si se lo dices, se asustará y se preocupará. Bastante tiene con lo de Miguel y lo del incendio, Edu. Y ahora yo enferma —dijo culpabilizándose.

—No estás enferma. ¡Qué tontería! —Esta vez se echó a reír—. Lo que te pasa es normal y te pasará todos los meses a partir de ahora hasta que seas vieja. Nos pasa a todas las mujeres.

Eduvigis le contó que eso significaba que ya podía concebir; y que su cuerpo empezaría a cambiar y a tomar formas de mujer; y que debía guardar ciertas precauciones, como no bañarse en esos días, o se le cortaría y ya no podría tener hijos.

—Como ves, no es nada malo, Chiqui.

Puede que fuera la primera vez que hablaba con su hermana de algo íntimo y no acababan discutiendo. O al menos desde que tenía recuerdo. De aquello habían pasado meses y era cierto que había percibido ciertos cambios en su cuerpo desde entonces, y aún cambiaría más, pero lo que no cambiaría nunca sería su testarudez cuando quería algo.

Hacía semanas que su padre se acostaba tarde y dormía poco, así que después de darle muchas vueltas a su idea, aquella noche de diciembre, Francisca bajó en camisón y envuelta en una toquilla azul al despacho de Enrique Montenegro. Esperaba encontrarle con la cabeza inclinada sobre algún papel, como lo había imaginado todas las veces que al ir a acostarse veía el tenue haz de la lámpara de aceite bajo la puerta de aquella estancia. Sin embargo, su padre no revisaba papeles. Simplemente estaba sentado en un sofá, cerca de la chimenea, y contemplaba el fuego. El leve chirrido de los goznes no consiguió sacarlo de su ensimismamiento.

—¿No duermes? —preguntó Francisca al acercarse a él.

—¿Y tú? Tampoco, por lo que veo. ¿O has bajado a que te felicite tu aniversario?

—No. Vengo a otra cosa, en verdad. Pero algo tiene que ver con eso.

El carillón del salón dio tres campanadas y su sonido se mantuvo segundos en el aire silencioso y quieto de la casa.

—¿Y tiene que ser a esta hora? —Ella asintió con la cabeza.

—¿Cuántos años tenía Miguel cuando le dejaste ir contigo a los campos? —preguntó sin preámbulos.

—Ya sé lo que quieres, Francisca Montenegro —dijo riendo.

—Padre, alguien tiene que ayudarte, y a Eduvigis no le gusta el campo. ¿Quién se ocupará de todo cuando tú seas viejo?

Efectivamente, Francisca tenía razón. Faltando Miguel, ella era la mejor opción de continuar con el legado. De hecho, era la única. Podía esperar a que alguna de sus hijas casara y alguno de sus maridos se ocupara de ello, pero el destino podía no satisfacer esas expectativas.

—Tendrás que madrugar mucho. Es mucho trabajo, Francisca —fue su débil argumento, aun cuando sabía que su hija no cejaría en su empeño de conseguir lo que quería. Francisca no dijo nada. Solo le miró con esos ojos de su madre, y Enrique aceptó—. Anda, sube a dormir. Mañana te despertaré temprano.

Ella se incorporó contenta y abrazó a su padre.

—Feliz cumpleaños, Chiqui.

—Gracias, padre. —Y girándose, se dirigió hacia su habitación. Enrique la vio partir y, en aquella luz, le recordó más que nunca a Esperanza.

Enrique no necesitó despertar a Francisca. En realidad, no había dormido en toda la noche, excitada con la posibilidad de pasar el día con su padre. A partir de aquel día, las tareas se distribuyeron en La Casona: Francisca acompañaría a Enrique, y Eduvigis aprendería de tata Leonor a llevar la casa. Las dos niñas quedaron, pues, satisfechas con el reparto de tareas. Y así, con la bruma de la mañana aún pegada en las copas de las encinas, Francisca empezó a seguir a su padre a caballo, en compañía de Rafael.

Bajo esa misma bruma, un poco más intensa en la vertiente de la colina de la Finca del Río, se dibujaban las siluetas de algunos carros que, tirados por bueyes, transportaban ladera arriba grandes vigas de madera y cajas del mismo material. Tras meses de preparativos, empezaban los trabajos en la supuesta mina de la finca para extraer su hierro del corazón de la tierra. Cerrando aquella pesada comitiva iba Ramón Ulloa.

Durante muchos días horadaron el monte y comenzaron a sacrificar los robles que cubrían los primeros metros de las colinas: su madera era la más resistente para fabricar las traviesas de las vías de ferrocarril. Aquellos troncos pelados de ramas y heridos bajaban en carros y desaparecían tras la primera loma del camino de La Puebla.

Al ver caer aquellos árboles, Francisca tuvo una terrible sospecha. Durante muchos días pasó cerca del roble añejo bajo cuyas raíces reposaban Esperanza y Miguel, y respiró tranquila: allí seguía, grande y majestuoso, impávido ante lo que acontecía a su alrededor. Parecía que tanto aquel árbol como el nogal estaban a salvo de las hachas de los leñadores.

Alguno de esos días también vio a Críspulo junto a su padre, y siempre a Raimundo. Francisca tenía la sensación de que en aquellos meses desde la muerte de Miguel, había cambiado: había dejado crecer su pelo y parecía más fuerte y más alto, aunque también podría ser simplemente la sensación de verle a lomos de un caballo. También él la veía a lo lejos, aunque ninguno de los dos hacía ningún amago por acercarse al otro.

Hasta que un día de principios de enero, Francisca advirtió un grupo de tres hombres que dejaban detrás de sí la zona de tala y se encaminaban hacia el río, con hachas cargadas al hombro derecho. Esperó, y cuando vio que no variaban su rumbo, espoleó a Jara y se dirigió hacia ellos. Su sospecha era cierta: se aproximaban al roble, así que apretó el paso y llegó debajo de las ramas cuando el primer hachazo ya había abierto una herida en el tronco. Sin dudarlo, se interpuso entre el hacha y el árbol.

—¡No! —gritó mientras levantaba a Jara sobre los cuartos traseros.

Aquel hombre bajó su hacha, atemorizado más por aquel caballo encabritado que por lo tajante de la orden de Francisca. Realmente, una niña de trece años no podía impresionar a un curtido leñador.

—¡Quita de ahí! —dijo despectivo. Por toda respuesta, ella azuzó a Jara y se acercó al hombre, que no estaba dispuesto a dejarse achantar y alzó el hacha hacia las patas del animal.

—¡Quietos! —ordenó una voz, y esta vez los tres hombres sí hicieron caso.

Raimundo había visto desde la colina lo que estaba pasando y había llegado al galope, seguido de cerca por Ramón Ulloa. Se dirigió a él cuando al fin su padre alcanzó el grupo:

—Padre, por favor —rogó.

—Han caído muchos como este, Rai.

—No es necesario talarlo, y lo sabes. Hay otros cientos.

—¿Existe alguna razón especial para talar este roble? —preguntó Ulloa a uno de los leñadores.

—Lo ha ordenado el señor Arriaga, don Ramón. No sabemos por qué este en particular, pero cumplimos órdenes.

—Me diste tu palabra, Ulloa. Tengo tu palabra de que no tocarías a mis muertos —dijo Enrique, que acababa de llegar al lado de su hija—. ¿Esto es lo que vale tu palabra?

Los leñadores se miraron sin entender aquella frase, y Raimundo se lo aclaró.

—Hay dos personas queridas enterradas bajo ese árbol. —Miró a su padre—. ¡Padre, por Dios!

—Señor, mejor dejar a los muertos tranquilos —dijo el

que había infligido la primera herida en el tronco. Cuando el patrón asintió con un leve gesto de cabeza, los tres leñadores volvieron a echarse las hachas al hombro y se alejaron hacia la colina. Un tenso silencio se posó entre las cuatro personas que se encontraban debajo de aquel roble centenario. Ramón lo rompió, volviendo grupas y llamando.

—Rai, vamos.

También Enrique se alejaba ya en dirección contraria.

—Gracias —dijo Francisca mirando a su amigo.

—Para mí también hay alguien importante entre esas raíces.

—Raimundo, ¿quieres venir? —insistía Ramón, sin volver la cabeza. Pero el chico ni contestaba ni se movía de su sitio.

—Le echo mucho de menos, Rai.

—Yo igual. Pero sobre todo te echo de menos a ti —pronunció con la mirada baja, casi entre dientes y muy deprisa, como si temiera arrepentirse en mitad de la frase que iba a pronunciar.

La forma en que lo dijo hizo que Francisca se ruborizara. Era la misma sensación que el día en que le regaló aquella libélula azul, pero ahora, mucho más intensa.

Enrique había parado su caballo y contemplaba aquella escena. Y escuchaba. Supo que su hija no iba a dar el paso que tenía que dar. Por orgullo o por miedo, pero no iba a hacerlo.

—Raimundo, Marcelina habrá hecho migas para comer. ¿Quieres venir?

Aquella frase rompió la tensión y Francisca miró a Raimundo, casi implorando que aceptara la invitación de su padre. El chico tomó las riendas de Jara y espoleando suavemente su propia montura, trotó junto a su amiga hacia Enrique. Desde la colina, Ramón los vio alejarse en dirección a La Casona: «Veremos qué sale de esto», se dijo.

Cuando desmontaron en la puerta de la finca, Francisca confirmó que, efectivamente, Raimundo había crecido. Ahora le sacaba la cabeza y hacía tan solo unos meses eran casi iguales. Pero además, algo había cambiado en su rostro: habían comenzado a desaparecer las facciones de niño, sus pómulos empezaban a afilarse y su mentón a hacerse más concreto. Un ligero bozo aparecía sobre su labio superior y durante la comida, Francisca se dio cuenta de que su tono de voz había cambiado hacia notas más graves.

Eduvigis también percibió este cambio y durante el transcurso del almuerzo lo miraba atenta y reía escandalosamente cualquier broma del chico por tonta que esta fuera. A la pequeña no le pasó por alto la actitud de su hermana con su amigo y comenzó a notar una cierta desazón en el estómago, que iba convirtiéndose en ira conforme crecían las risas cantarinas de la otra. Los celos no eran un sentimiento nuevo en ella —Eduvigis los había provocado anteriormente con Raimundo—, pero aquella vez eran mucho más marcados y había estado tentada de clavarle el tenedor a su hermana cada vez que cacareaba. Porque, para Francisca, Eduvigis cacareaba.

Ajeno a estos sentimientos, él se crecía con cada risa, aumentaba el nivel de sus bromas y estuvo más conversador que de costumbre. Acabado el almuerzo, Raimundo tuvo que volver a casa y las niñas se incorporaron a su clase. Eduvigis estuvo distraída todo el tiempo y recibió una reprimenda de don Julio, una de las pocas que Edu recibía.

Cuando se fueron a dormir, Eduvigis no paraba de parlotear y de hablar del chico de los Ulloa —«¿Te has fijado qué guapo estaba? Está altísimo, ¿no crees? Le sienta tan bien ese pelo largo...»—, preguntando sin cesar y sin aguardar respuestas. En su cama, Francisca no abría la boca. Y con ese sonido se durmió, arrepintiéndose de llevarse mejor con su hermana.

10

Para Isabel se había terminado la paz. Aquellos meses en que Raimundo estuvo separado de Francisca, su madre había sentido una tranquilidad casi enfermiza: su hijo estaba con ella y no trotando por alguna loma con aquella chiquilla con pantalones. Pero cuando Ramón volvió de la Finca del Río sin Raimundo y se enteró de que no solo había vuelto a ver a «esa niña», sino que además se había ido con ella y con su padre, desoyendo el mandato de su madre, montó en cólera.

—¿Y no has podido impedirlo? —casi gritó enfadada.

—Isabel, son niños. ¿Qué peligro puede haber? —se justificaba Ramón.

—¿Niños? Ya no son niños, Ramón. Rai va a cumplir dieciséis. Ya no es un juego de niños.

—¿No crees que vas demasiado rápido? ¿No estás suponiendo cosas que no han pasado?

—Pero que pasarán. Ya lo verás. ¿Cuándo me he equivocado? ¿No te dije que acabarías mal con ese bruto de Montenegro? ¿No ha pasado?

—Tu inquina hacia esa niña excede los límites de lo sano. La edad no es más que un pretexto. Nunca la has soportado.

—Porque es una salvaje maleducada. Y su padre un bruto. Y además, esos no son nuestros planes para Raimundo.

—Cuanto más empeño pongas en separarlos, más los unirás, ¿no te das cuenta? —Ramón intentaba que su mujer se aviniera a razones, pero Isabel estaba absolutamente desatada.

—Bien. Como veo que tú no hablarás con tu hijo, entonces lo haré yo.

—Cuando llegue el momento, Raimundo obedecerá. No lo dudes.

El menor de los Ulloa volvió de La Traba exultante de alegría por haberse reencontrado con su amiga, e Isabel vio que no era el momento adecuado para abordar el tema. En vez de eso, esperó a que acabara la cena, en la que, por cierto, Raimundo se mantuvo bastante soñador. Esta actitud no hizo más que preocupar a su madre y cargarla de razones para cercenar aquello a lo que su marido no le daba la menor importancia. Hizo un gesto a Ramón para que los dejara solos, y el hombre salió de la sala llevándose a Críspulo consigo.

—¿Cómo te fue en La Casona, hijo? Me ha dicho papá que estuviste allí hoy.

Raimundo seguía en su ensoñación y no contestaba. Isabel tocó su antebrazo y repitió la pregunta cuando lo hubo traído a la realidad.

—Bien, mamá. Como siempre. —Estaba en esa edad en la que al ser humano le apetece más bien poco hablar con sus padres y, por otra parte, sabía dónde quería llegar su madre.

—Sabes que me produce un gran disgusto…

—… que vea a Francisca; que sea mi amiga —interrumpió—. Sí, mamá. Lo sé —dijo repitiendo un estribillo de sobra conocido.

—¡No te consiento ese tono, Rai!

—Perdona, pero es que sé lo que quieres decirme. Me lo has dicho tantas veces… —protestó, aburrido, reposando la cabeza sobre su mano.

—Y en ninguna me has obedecido. —Quitó de un manotazo el codo de Raimundo de la mesa y el chico no tuvo más remedio que incorporarse.

—Sí, mamá. Te he obedecido desde el verano. Pero porque no he tenido más remedio. Francisca tampoco quería verme.

—Pues más vale que sigas obedeciéndome, Raimundo. —Isabel estaba perdiendo la paciencia por momentos, y las frases iban tomando un tono cada vez más autoritario.

—Es que no entiendo por qué, madre. Es mi amiga desde que éramos pequeños.

—¿Acaso no te duele lo que su padre le ha hecho al tuyo?

—Pero, madre —protestó—, ni ella ni yo tenemos la culpa de lo que hagan nuestros padres.

—Tu obligación como hijo es apoyar a tu familia. Sin discusión. Y obedecer.

—¿Aunque mi familia no tenga razón?

—Raimundo, estás rozando la insolencia.

—Y tú lo irracional. ¿Por qué tengo que obedecer a algo irracional?

Isabel se quedó helada ante el uso de aquella palabra: la habría usado Ramón, sin ninguna duda. Y de él la habría aprendido Raimundo.

—No es irracional, Rai. Siempre ha sido así. Los hijos obedecen a los padres.

—¿Y si están equivocados?

—¡Ya basta! Te prohíbo que veas a esa niña, ¿me oyes?

—Sí, madre. Te oigo.

—¿Y bien? —dijo ante lo incompleto de la respuesta.

Raimundo tomó aire e hizo una ligera pausa. Su madre buscaba una respuesta y él, el valor para darla.

—No lo haré —dijo levantando la cabeza y mirando a Isabel a los ojos—. Me parece injusto.

—¿Estás retándome?

—No es un reto, mamá. —La calma de aquel joven crispaba aún más a su madre, que en aquel momento se vio sin armas para conseguir su objetivo.

—Hablaré con tu padre. Y no saldrás de tu habitación, ¿me oyes?

—Me escaparé.

Isabel levantó la mano y descargó un tremendo bofetón sobre la cara de su hijo.

—¡Fuera de mi vista! Ve a tu alcoba y no salgas de allí.

Raimundo se levantó y, sin decir una sola palabra ni soltar una sola lágrima, salió del salón y subió a su cuarto.

A partir de ese momento, comenzaron días de una vigilancia draconiana de Isabel a su hijo. Raimundo no podía salir de casa y las horas transcurrían en medio de una tremenda ansiedad. Su encierro le preocupaba en parte, pero lo que realmente no dejaba ni un hueco para la calma en su espíritu era verse lejos de Francisca y que ella pensara que de nuevo no quería verla, que se estaba alejando de ella por voluntad propia. Y al mismo tiempo que la ansiedad, crecía la certeza de que la amistad no podía ser la única responsable de aquella desazón.

Probablemente Francisca estaba pasando por la misma ansiedad, por la misma ausencia, y además ella no conocía los porqués de la desaparición de su amigo. Fueron días aciagos para ambos, aunque si quiere que las cosas sucedan, el destino teje en silencio hilos secretos y nos otorga, a veces, un valor que nosotros mismos desconocemos. Así una noche, cuando todo el mundo dormía, Raimundo se levantó y se vistió intentando no despertar a su hermano ni al resto de los habitantes de la casa y salió por la puerta de la cocina a un cielo limpio y lleno de estrellas.

Cabalgó hacia La Casona en compañía de un helado viento del norte, y una vez allí ató su caballo bajo la ventana de Francisca. Su corazón latía muy fuerte y su cabeza era un remolino en el que se agolpaban todas las posibilidades que podían arruinar su objetivo. Cogió una piedra pequeña del suelo, la arrojó contra los cristales y se escondió a esperar. No quería que saliera Eduvigis, y tuvo suerte: no salió la hermana de Francisca, pero tampoco se asomó ella; nada se movió tras los cristales. Repitió la misma maniobra, con el mismo desafortunado resultado. Hasta siete piedrecitas lanzó conforme la noche iba cediendo su lugar al día, y su amiga no aparecía. Agazapado bajo el alféizar, el chico sintió que su corazón latía muy fuerte, casi atronaba sus sienes, y se dijo que probablemente había latido así desde que tomó la decisión de ir en busca de Francisca, pero hasta aquel momento no lo había notado.

Cuando vio que arañaban ya las luces de la aurora, decepcionado y temiendo que alguien en La Traba descubriera su ausencia, se puso en pie, volvió a su caballo y se marchó cabalgando. No supo entonces que un habitante de La Casona sí lo vio alejarse en esa media luz previa al alba; la única persona despierta a esa hora: Leonor.

La vida se desperezaba en La Casona muy temprano. Francisca era siempre la primera en despertarse y bajar hambrienta a la cocina, donde Marcelina o la tata andaban trajinando cada una en sus quehaceres. Sin embargo, aquella mañana Leonor se había ocupado de que Marcelina no estuviera presente cuando bajara la niña. Ya le explicaría más tarde, pero necesitaba quedarse a solas con Francisca.

Como tantos días, la tata se sentó a su lado mientras esta devoraba su desayuno.

—¿Sabes, Francisca? Esta noche un jinete se ha acercado a esta casa. —A la tata le gustaba adoptar cierto aire de misterio y hacer que cualquier anécdota pareciera la más interesante de las historias. La chica picó el cebo al instante.

—¿Quién?

—Creo que venía a buscar a alguien, pero no ha encontrado a esa persona, porque dormía —dijo mirando fijamente la cara de Francisca para no perderse ni un detalle de sus reacciones.

—¿A quién?

—Y se me hace a mí que ha intentado despertar a esa marmota a la que venía a buscar. Pero no lo ha conseguido.

—¡Tata! ¡Dímelo ya! —clamó impaciente.

—Era Raimundo Ulloa.

Francisca se quedó pálida. Su corazón empezó a latir desenfrenado ante la mención de aquel nombre.

—¿Raimundo? ¿Aquí? ¿A quién ha venido a buscar? —Y en esas preguntas, la mente de Francisca hizo un curioso viaje: su primer pensamiento fue que había venido a buscarla a ella, pero en algún punto esa idea cedió y otro nombre saltó a su boca—. ¿A Edu?

La tata rio.

—¡Qué tonta eres a veces, niña! ¿Cómo va a venir a buscar a Eduvigis?

—¿A mí? —Leonor asintió con la cabeza—. Pero, tata, si desde el día de la comida no ha vuelto por aquí.

—Yo lo que creo que hizo anoche fue intentar despertarte. Estoy casi segura de que tiró piedras contra el cristal. Es lo que suelen hacer los pretendientes.

Francisca pasó todo el día ensimismada y apenas durmió aquella noche, escrutando el menor picoteo contra el cristal. Tampoco lo hizo a la siguiente. Cualquier leve murmullo, cualquier mínimo roce del viento la ponía en alerta. Oteaba la oscuridad, casi la diseccionaba y no encontraba a Raimundo. Ya pensaba que todo eran fabulaciones de la tata —aunque no entendiera la razón de las mismas— cuando, a la noche siguiente, el paso apagado de un caballo acercándose la alertó y esperó nerviosa. De pronto, un toque en el cristal y seguido, otro más. Se levantó y allí estaba Raimundo, con la mano derecha levantada, a punto de tirar otro guijarro contra la ventana. Le hizo un gesto con la mano antes de bajar con pasos de gato las escaleras y salir a su encuentro. Y en aquella fría noche de invierno, se abrazaron durante un largo rato.

—No me dejan verte, Francisca —susurró sin dejar de abrazarla—. Mi madre no me deja. Por eso no he venido. Quería decírtelo, pero no veía el momento de escaparme.

—Pero ¿por qué? ¿Qué le he hecho yo?

¿Cómo explicarle lo que él mismo no entendía? ¿Cómo decirle lo que Isabel decía de ella?

—¿Por qué antes te dejaba y ahora ya no? ¿Qué ha cambiado? —preguntaba queriendo entender las razones de Isabel, aunque sobre todo buscaba respuesta a esto último: ese «qué ha cambiado» era en realidad una pregunta que le hacía al último rincón de su corazón.

Lo que Francisca no alcanzaba a entender era por qué aquella vez le echaba tanto de menos. Al fin y al cabo, había vivido meses sin verle y aunque le había faltado la compañía de su amigo, el vacío que había sentido en esas pocas semanas desde su reencuentro había multiplicado al anterior. Puede que ya existiera y lo tuviese nublado por el rencor y el dolor por la muerte de Miguel, pero lo cierto era que en los últimos días, aquella ausencia la había sumido en una tristeza nueva y enorme.

—No te preocupes por nada. Lo arreglaremos —fue la única respuesta que se le ocurrió a Raimundo para eludir la pregunta de Francisca—. Confía en mí. Ahora tengo que irme o me descubrirán.

—No te vayas, por favor —se sorprendió diciendo Francisca.

Raimundo tomó su cara entre sus manos, la miró a los ojos y sintió el impulso irrefrenable de rozar sus labios. Muy despacio, bajó la cabeza y la besó suavemente, un beso casi furtivo. Ella se quedó muy quieta y sintió cómo sus piernas apenas la sujetaban, y en ese momento halló la respuesta a todo aquel torbellino de sentimientos que no había entendido antes. Fue como una revelación. Estaba enamorada de Raimundo. Estaban enamorados.

Durante el camino de regreso a casa, Raimundo no podía dejar de pensar en aquel beso; quizá por ese motivo al llegar a La Traba no se dio cuenta de que había algo distinto, algo que no coincidía con su anterior escapada. Había tomado exactamente las mismas precauciones que la otra vez; había hecho las cosas con el mismo silencio, pero al entrar en la casa vio encendido el quinqué en la mesa baja del salón.

—Rai, acércate —dijo la voz de su padre, que aguardaba sentado en el sillón que estaba de espaldas a la puerta. El corazón de Raimundo se paró; sabía que no tenía otro remedio que obedecer la orden de su padre, y aun así dudó—. No te voy a regañar, hijo.

El tono le hizo creerle, de modo que avanzó y se sentó frente a él.

—Sé de dónde vienes.

—Puedo explicarlo.

—Sé que puedes y sé lo que te pasa. Y sé también que impedirte que la veas no va a solucionar nada. ¿Me equivoco? —Ramón dejó sobre la mesita el libro que estaba leyendo.

—No, padre.

—Aún sois muy jóvenes.

—Solo he ido a ver a mi amiga —mintió sin ninguna seguridad.

—Nadie sale de su casa a hurtadillas y de noche para ver a una amiga, Rai —rio su padre—. ¿Por qué lo haces ahora y antes no lo hiciste?

Raimundo calló al sentir que su padre estaba muy cerca de averiguar lo que realmente pasaba, si es que no lo había hecho ya.

—No voy a impedirte que la veas. Sería inútil. Pero sí te voy a poner algunas condiciones, y te las voy a poner por tu propio bien.

—¿Condiciones? —El joven se temía lo peor.

—Escúchame bien. El próximo curso irás a la universidad, y si al acabar tus estudios tus sentimientos siguen siendo los mismos, veremos qué hacemos. ¿Estás de acuerdo?

—Pero eso será mucho tiempo…

—Raimundo, a veces es bueno poner nuestros sentimientos a prueba. Eres muy joven todavía.

—No voy a cambiar, padre —dijo con una fe aplastante.

—O sí. No lo sabes.

—Estoy seguro.

—Bien. Si cuando acabes tus estudios no han cambiado tus ideas, actuaremos en consecuencia. ¿Te parece justo? Entretanto, te pido que seas discreto en tu relación con Francisca.

Por supuesto que Raimundo quería estudiar. Y estaba seguro de que esa separación no variaría un ápice los sentimientos de ambos, aunque a una cabeza racional como la de Raimundo se la convencía mejor con argumentos que con bofetadas e imposiciones.

—De acuerdo. Iré a la universidad. Pero recuerda tu palabra…

—He dicho que actuaría en consecuencia y lo haré. Ahora deberías irte a dormir lo poco que te queda. No me gustaría tener que explicarle a tu madre qué hacemos conversando a estas horas.

Raimundo se levantó.

—¿Tú no subes? —preguntó.

—No. Me quedaré aquí un rato. Ve a descansar, hijo.

Una vez se quedó solo, Ramón no retomó su lectura. Cabía la posibilidad de que su hijo olvidara a Francisca durante su estancia en la universidad —conocería nueva gente, saldría del cerrado entorno de Puente Viejo y seguramente su mente se abriría a cosas nuevas—, y si aquello no se producía, ya tomaría medidas, porque aquella era una de las pocas veces en que Ramón e Isabel estaban de acuerdo. Ulloa quería que sus hijos se casaran con mujeres cultas y de mayor nivel social que el que tenían las niñas Montenegro, y en esto el amor poco pintaba: para Ramón, era más aconsejable una esposa conveniente que una esposa amada. El amor, él lo sabía bien, acababa muriendo y quedaban otras cosas. «Por desgracia, una vez muerto lo que cada uno creyó ver en el otro, a Isabel y a mí no nos quedó nada.»

II

Francisca ocultó la visita de Raimundo igual que ocultó el primer beso que se dieron, pero lo que no podía ocultar era la felicidad de su rostro ni sus ensimismamientos durante las jornadas de trabajo en los campos con su padre. Enrique atribuía ambas cosas a los procesos lógicos de la edad adolescente en la que entraba Francisca. Y ella, a pesar de admirar, respetar y querer a su padre, no se sentía cómoda dando voz a unos sentimientos que cada día tenía más claros, aun cuando los percibía como prohibidos. Sentía pudor ante la sola posibilidad de decirle a su padre lo que pasaba en su corazón.

Enrique sabía que era feliz por haber recuperado a su amigo y consideraba normal que siguiera reuniéndose con él, que cabalgaran juntos y solos como siempre lo habían hecho. La idea de que su hija se hubiera enamorado estaba tan lejos de su cabeza como la Tierra de la Luna.

Por el contrario, la tata sí se daba cuenta. De hecho, lo sabía desde el principio, desde que eran dos niños y veía sus enfados infantiles. Lo aprobaba, y desde luego había callado aquella noche en la que había visto a Raimundo alejarse de La Casona. Pero del mismo modo que sabía que Raimundo y Francisca estaban destinados a pasar juntos toda su vida, sabía que Eduvigis también sentía algo por el chico. Y sabía que aquella competencia entre las dos hermanas por el mismo territorio no traería nada bueno.

Al fin llegó septiembre y el momento de la partida de Raimundo a Salamanca. Francisca y él habían pasado juntos el frío del final del invierno y las carreras al galope hacia La Brava; los paseos y las risas de la primavera; las escapadas a la charca del convento con la llegada del verano... Aquellos nueve meses habían sido tan intensos y felices que habían valido casi una vida. Además, el añadido de la clandestinidad que Ramón había reclamado a su hijo en aras de salvaguardar la relación de las iras de Isabel y de los cotilleos del pueblo había añadido un cierto ingrediente excitante a sus paseos en público, que aumentaba en los escasos y castos encuentros furtivos y en solitario.

Raimundo partió a Salamanca con la promesa de escribir todos los días y ella, la de contestar de inmediato. Para ahorrar su presencia a Isabel, la chica no pudo ir a despedir al menor de los Ulloa a la diligencia de Puente Viejo, pero sí pudo cabalgar hasta cruzarse con el coche en el camino hacia La Puebla. Ajustó el galope de Jara a la velocidad de la diligencia y tendió la mano hacia el joven, que durante unos momentos la mantuvo apretada con fuerza en la suya, hasta que el paso del tiro de caballos dejó a Francisca atrás y hubieron de separarse. Ambos quedaron con el recuerdo del calor de la mano del otro, y el convencimiento de que, aunque hubiera un océano de por medio, seguirían amándose por siempre.

Unos días después, Francisca caminaba por el sendero que llevaba hacia el pueblo. Esos inicios del mes de octubre conservaban algo del calor del veranillo de San Miguel y a los lados del camino aún quedaban algunas moras maduras y brillantes que iba picoteando mientras avanzaba entre las vallas de piedra que limitaban los prados colindantes.

Iba de camino a Puente Viejo en busca de un encargo de la tata Leonor, y algo más; algo que nadie podía elegir por ella. No quería escribir a Raimundo en un papel corriente, quería algo especial: algo tan blanco y suave que casi cegara la vista porque se le antojó que así podría quedar disimulada su descuidada caligrafía. La de su hermana era tan perfecta... Redonda, clara y tan decorada que algunas letras parecían gárgolas de una catedral barroca.

Pero la suya no, y eso, en una señorita, no estaba bien. Porque algo había cambiado en Francisca de unos meses a entonces: había nacido la voluntad de ser una señorita. Claro que conservaba su espíritu indómito, su amor por el campo y las cabalgadas, y disfrutaba con el trabajo de la finca acompañando a su padre, pero quería hacer por sí misma aquello que a todo el mundo negaba cuando le insistían. Puede que porque lo sintiera o puede que simplemente porque habían dejado de pedírselo, el caso es que Francisca, a sus casi catorce años, se estaba convirtiendo en una señorita.

Habían pasado dos semanas desde la marcha de Raimundo y era extraño que no hubiera escrito ni siquiera una nota, aunque estaba convencida de que andaría muy ocupado con sus clases, descubriendo cosas nuevas. Seguramente en ese primer momento los estudios le dejaban poco tiempo para escribir. «Ya se asentará —pensaba—, y dará noticias.»

Al llegar a la plaza de Puente Viejo, Francisca vio una de las berlinas de los Ulloa. El escudo heráldico en el lustroso esmalte de la portezuela, pintado allí por mandato de Isabel, hacía inconfundible cualquiera de los coches de caballos de la familia. A Francisca le dio un vuelco el corazón y, contra toda lógica, su esperanza le dijo que quizá hubiese vuelto Raimundo, aunque enseguida su emoción se truncó en una desagradable inquietud al pensar que la que podía estar dentro del coche fuera Isabel. La portezuela se abrió y quien salió del carruaje fue un joven alto, bien parecido, que se acercaba a ella con pasos firmes, no exentos de delicadeza.

—¡Cuánto tiempo sin verte, Francisca! —dijo con tono cercano, antes de besar su mano con una leve reverencia.

—Buenas tardes, Críspulo. ¿Qué haces por Puente Viejo?

—Por mandato de mi padre, vengo a recoger a su socio y a su familia. Vienen a hacernos una visita y llegan en la próxima diligencia. ¿Y tú?

—Vengo al colmado a hacer unos mandados de la tata y a comprar… —Francisca se detuvo. ¿Para qué revelar la razón real de su paseo hasta el pueblo?—. Y a comprar —concluyó.

Desconocía cuánto sabía Críspulo al respecto de los sentimientos que habían surgido entre Raimundo y ella, pero comoquiera que existía aquel código de silencio sobre la verdadera naturaleza de su relación, decidió callar. Quería preguntar por Raimundo, aunque no hizo falta. Críspulo, dicharachero y comunicativo, se lanzó antes de que le diese tiempo a plantearlo siquiera.

—Ayer recibimos noticias de Rai.

—¿Y qué cuenta? ¿Se adapta bien a la ciudad? —preguntó ansiosa.

—Está muy contento con su nueva vida. Le gusta la residencia y tiene un nuevo amigo, un tal Melquíades, con el que comparte cuarto. Y supongo que además de cuarto, compartirá también alguna juerga —dijo confidente—. Ya sabemos cómo es la vida de estudiante.

—Claro, sí —murmuró Francisca, distraída por los pensamientos que aquellas pocas frases de Críspulo habían hecho aflorar en su cabeza. Raimundo había tenido tiempo de escribir a su familia, pero no de escribir siquiera una nota para ella. Y en los pocos días que llevaba fuera ya había encontrado un amigo y se iba de juerga. Desde luego, mucho no parecía echarla de menos—. Perdóname, Críspulo. He de ir a hacer los encargos.

—Claro, ve, no quiero retrasarte.

—Me alegro de verte —dijo mientras se dirigía a su destino.

—Yo también —contestó el muchacho con una leve inclinación de cabeza.

Francisca entró al colmado. Detrás del mostrador, Pedro —el hijo del dueño, un niño de unos doce años— alcanzaba a su padre unos rollos de paño de lana que colocaba en estanterías subido a una escalera. Hipólito Mirañar se giró y miró a Francisca por encima de sus gafas de media luna.

—Buena tarde, señorita Montenegro. ¡Qué honor verla por aquí! —dijo mientras bajaba servicial de la escalera—. ¿Se encuentra bien su encantadora hermana?

—Sí, don Hipólito. Perfectamente.

—Me extraña verla a usted y no a ella, pero me tranquiliza saber que se encuentra en buen estado. ¿En qué puedo servirla?

—La tata me dio esta lista para que nos la sirva en La Casona.

—Perfecto. Mañana mismo se la llevará Pedrito —dijo mientras echaba un vistazo al papel que le había tendido Francisca—. ¿Desea alguna cosa más?

Tras la noticia recibida de labios de Críspulo, no sabía si valía la pena comprar lo que había venido a buscar, aunque de pronto pensó que si la carta que escribió a su familia había llegado el día anterior, quizá la suya no tardaría en hacerlo.

—Sí —contestó sintiéndose tonta por su desconfianza—. Quería papel para carta, el más bonito que tenga.

—Enseguida. —Se dio la vuelta y tomó un paquete envuelto en un papel de seda azul de un armario que había a su espalda. Abrió una de las esquinas y apareció un papel de un blanco cegador que contrastaba con la intensidad añil de su envoltorio. Lo tendió hacia ella. Francisca lo tocó y notó su suavidad al tacto. Era justo lo que quería.

—Me lo llevo.

—Perfecto. Es el mejor que tengo. —Se inclinó hacia Francisca y le susurró—: Es el que usa doña Isabel de Ulloa para su correspondencia, pero a usted se lo dejaré a mejor precio. Necesitará también unos sobres, ¿no es cierto?

—¿Sobres?

—Sí, claro. La moda ahora es utilizar sobres. Lo de poner lacre para cerrar la carta sin sobre ya no se lleva, señorita Montenegro. El lacre se usa solamente para cerrar el sobre.

—De acuerdo. Me los llevaré también.

—Perfecto. A juego con el papel —dijo envolviendo todo en un pliego basto que no hacía honor a su contenido—. Son cincuenta céntimos todo, pero déjeme hacerle un pequeño obsequio. —Buscó en el cajón del mostrador y sacó un frasco de cristal lacrado en su embocadura—. Este es un perfume que acabamos de recibir. Es flor de azahar. Permítame que se lo regale: una misiva escrita en este papel bien merece ser perfumada, sobre todo si en él se escribe la carta de amor de una bella jovencita.

—No es para una carta de amor —se sorprendió a sí misma mintiendo, rauda en su palabra.

—Bueno, el perfume también sirve para que una bella jovencita encuentre el amor —sonrió—. Úselo sobre su piel en los lugares donde late el pulso.

Francisca tomó el frasco y le dio las gracias.

—Presente mis respetos a su padre y a su hermana —dijo el tendero desde la puerta.

—De su parte, don Hipólito —se despidió Francisca, y se encaminó fuera del pueblo hacia La Casona.

Poco llevaba andado cuando escuchó la rueda de un carruaje en el camino: era la berlina de los Ulloa, que iba de vuelta a La Traba con varias voluminosas maletas y arcones sobresaliendo de su techo. Críspulo mandó parar al cochero e invitó a subir a Francisca.

—Te acercamos a La Casona. Sube con nosotros.

A Francisca no le apetecía demasiado, pero no quiso ser descortés y acabó aceptando. En el interior del coche de caballos se hallaba aquel hombre enorme; ese al que Francisca vio una vez de lejos desde lo alto del nogal y al que su padre contaba que había abatido de un puñetazo. Sin duda, aquel gigantón que ocupaba casi totalmente uno de los asientos era el socio de Ramón Ulloa, Josechu Arriaga. A su lado, una joven de la edad de Francisca casi desaparecía oculta por la envergadura del gigante. Enfrente, una mujer de edad madura se sentaba al lado de Críspulo, que se desplazó hacia el centro del asiento y dejó un hueco a Francisca.

El mayor de los vástagos Ulloa hizo las presentaciones oportunas: la mujer era Maite de Arriaga, esposa de Josechu, y la joven era Amada, su única hija. Las dos chicas quedaban frente a frente en el exiguo espacio del interior. A la Montenegro, Amada le recordó mucho a su hermana

Eduvigis, con los ojos claros y la tez blanca, pero a diferencia de Edu, que lucía unos saludables coloretes en sus pálidas mejillas, el rostro de Amada carecía de brillo y sus enormes ojos estaban enmarcados por unas ojeras de un suave violeta. A pesar de todo, era muy bonita y esbozó una gentil sonrisa cuando Críspulo las presentó. «Y huele muy bien…», pensó Francisca.

Nadie habló durante el corto trayecto que compartieron, pero ella no quitaba ojo a Amada y notó cómo el rostro de la joven pasaba de la palidez casi a la transparencia, fruto de un malestar que la chica se esforzaba en disimular. Hacía calor y la menor de los Montenegro abrió una de las ventanillas de la berlina. Le daba la sensación de que Amada se estaba quedando sin aire. La otra sonrió agradecida ante la idea.

—Si bajas esa ventanilla, entrará el polvo del camino, niña —dijo Maite seca—. Súbela.

—Creo que ella necesita algo de aire, ¿no es así?

—Sí, gracias. No me encuentro bien, madre.

La voz de Amada era suave. «Es lógico que le falte el aire —pensó Francisca—, con ese vestido cerrado hasta por debajo de la barbilla y la cintura encorsetada.» Estaba elegante, pero no era el atuendo más adecuado para soportar el traqueteo de los caminos con los restos de aquel calor tan poco habitual a esas alturas de octubre.

Cuando avistaron el principio del arco de olmos que inauguraba la subida a la colina de La Traba, Francisca insistió en apearse allí —«No hace falta que me lleves hasta casa, iré andando, de verdad»—, se bajó y se despidió de Críspulo y sus acompañantes. Amada hizo un leve gesto de adiós con su mano, al que Francisca respondió de igual manera.

Fue pensando en Raimundo todo el camino, dándole vueltas a esa carta suya que debía de estar a punto de recibir, pero al llegar a La Casona no había ninguna carta para ella sobre la consola de la entrada, como tampoco la había habido en los últimos días, y se sintió como una idiota con su paquete de papel y sobres en la mano. Subió a su habitación y lo metió en el cajón de la cómoda, debajo de la ropa interior. Había sido una tontería comprar aquello. Raimundo había empezado temprano a olvidarse de ella.

Cuando la tata la llamó para que bajase a cenar, Francisca dijo que no tenía hambre y que prefería quedarse sola en su cuarto.

—¿Qué tienes, chiquilla? —dijo Leonor tomando su barbilla con la mano.

—Nada, tata. Estoy cansada.

—Esa cara no es de cansancio. Cuéntame lo que te sucede —dijo sentándose en la cama de la joven, a su lado.

Francisca no era muchacha acostumbrada a admitir derrotas, pero la falta de noticias de Raimundo estaba siendo un golpe demasiado duro de soportar, aunque también se preguntaba si no se estaría equivocando y juzgándole con excesiva dureza. Le contó a la tata Leonor su conversación con Críspulo en la plaza de Puente Viejo y mientras narraba, las lágrimas iban aflorando a sus ojos.

—Nadie llora así por un amigo, hija mía. Nada duele más que el mal de amores, y eso es lo que tú tienes.

—¿Tú cómo lo sabes?

—Porque te conozco, Francisca. Y sé que una mujer se preocupa por una carta que no llega cuando ama a quien tiene que escribirla. Sobre todo cuando Raimundo hace solo quince días que se fue. ¿No te impacientas demasiado pronto?

—Y ¿qué hago, entonces?

—Escucha bien a tu tata, niña. Quizá en otro momento no pueda darte un consejo, pero creo que ahora sí puedo hacerlo. La solución es bien simple. ¿No has comprado papel para escribirle?

—Sí, pero no sé si debo. Se ha olvidado de mí.

—Claro que debes. Toma ese papel y una pluma y escríbele.

—Pero no sé dónde hacerlo. No sé ni dónde para. Esperaba su carta para contestar al remite.

—¿Ese es todo el problema?

—No puedo preguntarlo en su casa, tata. Nadie me lo

daría —dijo sintiendo que la solución no iba a ser tan fácil.

—Deja que yo te ayude en eso, pero has de escribirle. Aprende esto como una lección en la vida: el orgullo no debe causarte dolor. Tú eres orgullosa y has sufrido por ello. ¿No te has dado cuenta aún?

—Pero ¿y si le escribo y no quiere saber de mí? ¿Y si me dice eso?

Leonor sabía que aquella inseguridad era nueva en Francisca y, desde luego, muy fuertes tenían que ser sus sentimientos para que aquella jovencita, que era un terremoto imparable cuando quería algo, dudara de aquella manera.

—Si eso sucede, y no creo que lo haga, será mejor que empieces a olvidar cuanto antes, niña.

—Pero me da mucha pena olvidarle, tata.

—Escribe, entonces, y ya me enteraré yo de adónde tienes que mandarla. Confía en mí.

Por primera vez desde que comenzó aquella conversación, Francisca se tranquilizó y esbozó una sonrisa.

—Voy a ello —dijo levantándose de la cama y yendo al cajón a recuperar sus hojas.

—Después de la cena y con calma, señorita —dijo Leonor con un tono de suave orden.

—Vale, tata. Después de la cena. —Y sonrió—. Gracias por tus consejos.

—Y te daré otro más. No escribas reproches. A los hombres no les gustan los reproches.

Tras la cena, Francisca se sentó en el salón, en la mesita junto al ventanal ante el que Esperanza solía sentarse a coser, con sus folios, un sobre y el pequeño frasco de perfume que le había regalado don Hipólito. Aún no sabía si lo usaría, pero prefirió tenerlo cerca. Escribía despacio, cuidando una letra que había mejorado muy poco con los años y las prácticas impuestas por don Julio. Era una actividad que odiaba, pero que en este caso resultaba liberadora.

«Querido Raimundo», empezó a escribir, y se quedó pensando cuál sería la mejor forma de continuar. La lógica le decía que debía justificar aquella carta como consecuencia de la ausencia de noticias de él, pero la tata le había dicho que no escribiera reproches y aquello, sin duda, lo era.

Miraba por la ventana viendo cómo se alzaba la luna y tan ensimismada que no sintió acercarse a Eduvigis.

—«Querido Raimundo» —la oyó decir, y se giró ante el sonido de su voz—. ¡Vaya! ¿Cómo le va en Salamanca?

—No lo sé —contestó Francisca a su hermana.

—¿Cómo que no lo sabes? ¿Acaso no contestas a su carta?

—No. Le escribo yo.

—Pero, hermana, ¿sin que él lo haya hecho antes? No creo que una señorita deba hacer eso. Él tiene que escribir primero.

—No me importa lo que haría una señorita, Edu —dijo convencida.

—Parecerás una mujer frívola, Chiqui. Ten un poco de orgullo, por el amor de Dios.

—El orgullo no me puede hacer sufrir —repitió lo que había oído apenas una hora antes.

—¿Sufrir? ¿Sufres por que un amigo no te escriba? ¿Qué me ocultas, hermanita? —pronunció aquella frase con un tono ladino.

—Nada. Te digo que solo escribo a un amigo.

—Ya. Solo a un amigo. Y para un amigo utilizas ese bonito papel y perfumas la carta —dijo, burlona, tomando de la mesa el frasco de esencia de azahar.

—Dámelo —ordenó Francisca, enfadada, al tiempo que arrancaba el frasco de manos de Eduvigis.

—Calma. No iba a quedármelo.

—¿Quieres dejarme sola, por favor?

—De acuerdo, de acuerdo. —Se defendió con las manos a media altura y mostrando las palmas en señal de paz—. Siento mucho haberte molestado. ¿Me perdonas? —Por una vez, en verdad sonaba arrepentida.

—No pasa nada, pero, por favor, quiero estar sola.

—Si quieres… Si quieres, cuando acabes deja la carta encima de la consola de la entrada y yo misma te la llevaré al correo a Puente Viejo, ¿te parece? —dijo tierna—. Me siento mal por haberte molestado. Déjame hacer algo para arreglarlo.

A Francisca le sorprendió aquel arranque de generosidad de su hermana, pero era bien cierto que Eduvigis solía encargarse de esas cosas en la casa, puesto que a ella misma su trabajo en los campos le dejaba poco lugar para los temas administrativos.

—La dejaré con el resto del correo —aceptó con una sonrisa. Edu acarició el pelo de su hermana y la dejó sola escribiendo.

Cuando Francisca acabó la última línea de una carta que no ocupaba más de una hoja, pero en la que estaba segura de que no había un solo reproche, tomó el frasquito de azahar, de ahí la varilla de vidrio empapada en aquella esencia limpia y fresca, con olor a sol, y depositó una gota en cada esquina de la carta. Luego la metió en el sobre y lo selló derritiendo el lacre en la llama de la vela que, con el día ya acabado, la alumbraba. En el sobre solamente una línea con el nombre de su amado: Raimundo Ulloa. El resto de su blanca superficie quedó a la espera de que la tata hiciera su gestión para que aquellas letras llegaran a su destino.

Al día siguiente, Leonor le pidió a Catalina que averiguara los datos de Raimundo Ulloa en Salamanca, y la criada de La Traba tuvo que esperar el momento en que nadie la sorprendiera rebuscando en el escritorio de la señora Isabel en busca de alguna carta de su hijo. Fueron dos días durante los cuales Francisca siguió sin ver epístola alguna para ella sobre la consola de la entrada. Pasó por todos los estados: tan pronto pensaba en no enviar la que había escrito y cuyo perfume seguramente ya se habría disipado, como renovaba las gotas en el sobre que contenía su primer intento de saber de su amor. Pensaba que si no llegaba aquella dirección, sería que el destino no quería que Raimundo y ella estuvieran juntos, y se resignaba. Luego, al minuto siguiente, acudía a la tata y salía decepcionada de la cocina cuando esta le decía que aún no sabía y que tuviera paciencia. Fueron jornadas de angustia, que tampoco cedió cuando por fin llegó Leonor con la dirección escrita en un papel y Francisca vio cómo Eduvigis salía de casa para llevar las cartas al correo.

Intentaba no pensar durante todo el día en Raimundo. Y podía, si es que estaba en el campo con su padre, distraída con otros menesteres. Cada día pensaba que al volver a casa habría una carta para ella sobre aquella consola que iba a desgastar de tanto mirarla, pero sus ilusiones se estrellaban en el rojizo de su brillante madera de caoba, sin el más mínimo atisbo de blanco en su superficie.

Así pasaron días.

Los días se convirtieron en semanas.

Estas, en meses.

Francisca escribía de vez en cuando, perseverante, pero su voluntad fue decayendo; sus misivas eran cada vez menos frecuentes y desde luego cada vez más breves. Llevaba sin saber de él casi un trimestre y para cuando pasó su cumpleaños ya solo le quedaba la esperanza de que Raimundo volviera a casa para celebrar las Navidades con su familia. Entonces podría verle y seguramente, frente a frente, se aclararían las cosas. Sin embargo, al poco supo por rumores que los Ulloa pasarían las fiestas en casa de los Arriaga, en Bilbao. Raimundo se encontraría allí con ellos. Hasta eso le negaba el destino.

Lo mismo ocurrió con la llegada del verano, y al fin un día, del mismo modo en que la había animado a escribir, la tata le aconsejó que dejara de hacerlo.

—Me he equivocado, niña mía. Te he aconsejado mal —le dijo una tarde en que la vio por enésima vez, descorazonada, mirando la consola de caoba.

Francisca dejó de escribir.

Y comenzó a intentar olvidar.

12

A Francisca ya no le apetecía regresar a la finca, ni trepar al nogal, ni sentarse bajo las ramas del roble. Demasiados recuerdos de Raimundo que se le clavaban en el corazón y no dejaban de dolerle.

Mes tras mes, los obreros de Arriaga y Ulloa continuaron devastando la ladera de la montaña, que iba perdiendo la frondosidad de sus bosques. Josechu Arriaga parecía haber fijado su residencia en Puente Viejo, y tata Leonor decía que los obreros que trabajaban en la finca estaban muy descontentos con las condiciones laborales que había impuesto el vasco, y con sus salarios. No era de extrañar. Aquella resultaba la tónica general en un país al que las políticas de su reina, Isabel II, no lograban sacar de su atraso. Arriaga no era sino uno más de entre los miles de empresarios que utilizaban sus contactos políticos para obtener contratos jugosos en el intento de modernización del país mediante el ferrocarril o la construcción de un canal de agua para Madrid. Aquellos empresarios, como Arriaga y su cómplice Ulloa, se enriquecían a costa de pagar salarios míseros por trabajos a destajo, y el vasco no dudaba en aplicar en Puente Viejo las mismas medidas represoras que en sus fábricas. Ese era el motivo por el que pasaba tan largas temporadas en el pueblo. Arriaga desconfiaba seriamente de que Ramón, con su carácter blando, pusiera la tensión suficiente que aquel trabajo requería.

Muchos de los temporeros de los bosques de la finca pasaban de vez en cuando por La Casona a ofrecerse para faenas del campo, pero Enrique les contestaba que no necesitaría gente hasta que llegara la cosecha. Aquellos obreros eran una muestra de lo que en realidad pasaba en todo el país y se estaba extendiendo también a las colonias de ultramar.

Quizá fuera ese ambiente de descontento lo que hizo que Críspulo se marchase de Puente Viejo. Francisca había pensado en ir a hablar con él algún día que cabalgara por la Finca del Río y preguntarle por Raimundo, que tampoco había aparecido por La Traba con el final de su segundo año académico, pero a partir del mes de agosto no volvió a verle al lado de su padre. Gracias a Leonor —que a su vez lo supo por Catalina—, la joven se enteró de que el mayor de los Ulloa había salido del pueblo para hacer carrera militar y no volvería en un tiempo. Le extrañó aquella repentina vocación del hermano de Raimundo, que siempre había sido un joven tranquilo y más dado al estudio que a la vida de campo; y le extrañaba mucho más aún en tanto que, de los dos hermanos, él era quien estaba llamado como primogénito a seguir con los negocios de los Ulloa y a heredar el grueso de su fortuna. De un modo u otro, el caso es que también esa posibilidad de hallar respuestas se esfumó ante sus ojos, igual que iba desapareciendo y cambiando poco a poco el paisaje que tan bien conocía.

Y es que, a partir de cierto momento, las tareas se intensificaron en la Finca del Río. Eduvigis contaba que cada semana llegaban al pueblo nuevos obreros destinados a los trabajos de la empresa Arriaga y Ulloa, y Francisca veía con sus propios ojos cómo la devastación de los bosques se aceleraba sobremanera. La fila de carros que salían cargados con troncos había aumentado su frecuencia y siempre se hallaba en el campo de trabajo uno de los dos dueños de la empresa, para forzar que todo se hiciera con diligencia.

Hasta que una tarde, toda la actividad en la ladera se paralizó.

Soplaban fuertes rachas de viento: el sentido común dictaba parar los trabajos de tala y esperar a que el vendaval amainara. También Francisca y Enrique, junto con Rafael y algunos braceros, se apresuraron a reunir el ganado para refugiarlo en los corrales. Aquel viento, a pesar de su fuerza, no conseguía disipar unas nubes de tormenta que se acercaban y se hacían cada vez más densas y plomizas. En medio del ulular escucharon el traqueteo acelerado de las ruedas de un carro que se aproximaba a toda prisa, con uno de los obreros en el pescante. Cuando pasó junto a ellos rumbo a La Traba, Enrique pudo ver a Ramón Ulloa tumbado en su interior, con la cara ensangrentada y las ropas llenas de polvo. Detrás del carro llegaba Arriaga, tan rápido como podía avanzar una montura casi hundida bajo el peso del jinete.

—¿Qué ha ocurrido, Arriaga? ¿Puedo ayudar?

—Un desgraciado accidente, Montenegro. Un tronco ha caído encima de Ramón. Está maltrecho —dijo sin refrenar a su caballo, y siguió trotando en pos del carro que llevaba a su socio.

Luego se supo que Arriaga había ordenado proseguir con los trabajos a pesar de que la fuerza del viento lo desaconsejaba. Ramón y él mantenían una fuerte discusión cuando la fuerza del viento dio la puntilla a uno de los troncos que estaban talando, el árbol cedió en su resistencia antes de lo debido y cayó sin que nadie pudiera evitarlo. Arriaga lo vio venir y avisó a Ramón, pero cuando este se giró y quiso saltar, toda aquella masa se le vino encima y lo sepultó bajo el peso de sus ramas.

Ramón pasó varios días en cama. Su espalda resultó dañada y su pierna derecha sufrió una fractura a la altura del muslo. El doctor Salinas no temía por su vida, aunque sí por la posibilidad de que volviera a caminar. Entablilló la pierna y aconsejó reposo para la espalda. Por suerte, no se cumplieron los peores presagios: Ramón se recuperó satisfactoriamente y a las dos semanas volvía a caminar con la ayuda de un bastón, aunque no sin cierta dificultad. Tenía dolores, pero el doctor Salinas le recetó láudano y le dijo que el padecimiento era normal y que desaparecería con el tiempo. En todo caso, el láudano le ayudaría a sobrellevarlo. Lo que sí desaconsejó el médico fue que montara a caballo por una larga temporada, así que Josechu Arriaga quedó como responsable de los trabajos.

Así fueron transcurriendo las semanas: los dolores no remitían, y el carácter de Ramón se agriaba. El padecimiento lo sumía en un enfado constante, nutrido además por la inactividad y porque los días pasaban y veía que ni su espalda ni su pierna cobraban fuerzas como para librarle de aquella inactividad forzosa. La perenne y resentida presencia de Isabel no contribuía en nada a facilitar las cosas. Y por si todo esto no fuera suficiente, el doctor se negaba a aumentar la dosis de láudano, por miedo a que pudiera crear dependencia en el paciente.

Aun así y contra lo que Francisca había estado rogando,

ni siquiera aquella enfermedad de Ramón trajo a Raimundo a La Traba.

La Finca del Río continuó cambiando de rostro e igual fue cambiando ella: una y otra se empeñaron en mostrar sus ángulos más áridos, en reforzar su carácter para adecuarlo a la dureza de los tiempos. La pequeña de los Montenegro siguió recordando las promesas incumplidas, aunque se empeñara en reprimir su recuerdo. Cambió, creció por fuera y por dentro.

Tampoco Raimundo era feliz: tras tiempo sin tener noticias de Francisca, pensó que lo mejor era tomar distancia y se negó a volver a Puente Viejo incluso durante las vacaciones de verano de su segundo curso, que prefirió pasar en Salamanca, solo la mayor parte del tiempo, sin mucha más compañía que la del vino en el que había encontrado su refugio y su lugar para el olvido. Ramón e Isabel tampoco le presionaban para que volviera, pues vieron en aquella lejanía una buena señal de que Raimundo, por fin, se estaba olvidando de Francisca.

Así pasó aquel segundo verano, y llegó otro invierno: poco más de dos años hacía desde la última vez que Raimundo y ella se vieron, cuando las malas nuevas le trajeron de vuelta a Puente Viejo. Solo una nueva desgracia forzó que Ramón requiriera la presencia de Raimundo en La Traba. En una carta misteriosa, carente de toda explicación,

Ulloa apremió a su hijo a que acudiera a casa a los cuatro meses de iniciar su tercer curso académico. Y Raimundo volvió, desafiando los caminos que desaparecían bajo la última gran nevada del año.

13

Francisca odiaba aquel color con toda su alma. A su edad ya lo había llevado demasiadas veces. Lo usó cuando murió su madre y lo volvió a usar cuando enterraron a Miguel. Y ahora tenía que ponérselo de nuevo, aunque esta vez se debiese a una mera convención social. Junto a ella, su hermana —también de negro— y su padre, que lucía un brazalete del mismo color en la manga. Los tres se dirigían en la berlina rumbo a La Traba a través de un paisaje nevado.

Cuando llegaron, había mucha gente de Puente Viejo presentando sus respetos a la familia, que agradecía las condolencias sin alejarse demasiado del ataúd que presidía aquella reunión. Estaba cerrado, pero todos sabían que era el primogénito de los Ulloa quien reposaba en su interior. La noticia de aquella muerte accidental había conmocionado a todo el pueblo por lo inesperada, y no hizo sino aumentar la leyenda: «La Brava es tierra maldita», se susurraba en los corrillos. Desde la muerte de Esperanza, se diría que todo aquel que se relacionaba con la Finca del Río sufría un accidente o una muerte violenta: ya eran cuatro los afectados y en un pueblo pequeño, dado al murmullo y a contar historias alrededor de la lumbre, la leyenda de aquellas tierras encontraba un caldo de cultivo idóneo para fortalecerse.

Francisca temía encontrarse con Isabel, pero suponía que en aquella situación guardaría la compostura. Además, era una madre que había perdido a un hijo y eso es algo que nunca debería suceder; los padres jamás deberían enterrar a los hijos. También deseaba tanto como temía otra presencia: la de Raimundo. No entendió que no viniera cuando su padre tuvo el accidente unos meses atrás, pero desde luego era impensable que no lo hiciera con la muerte de su hermano.

Tras presentar sus respetos a Ramón y a Isabel, se mantuvo junto a Eduvigis en un rincón del salón. Allí seguía cuando, al levantar la mirada hacia la puerta, lo vio entrar acompañado de un joven de su misma edad. Observó cómo miraba a ambos lados del salón, como buscando a alguien, y se le detuvo el corazón cuando sus miradas se cruzaron. Él también mudó el gesto y se puso pálido y ella pudo leer en sus labios su propio nombre:

—Francisca —pronunció.

Dio dos pasos hacia ella y cuando supo que en el siguiente llegaría a su altura, se giró y le dio la espalda. Le sorprendió la sonrisa de su hermana al mirar a Raimundo y supuso que la había saludado, porque ella respondió con un leve gesto de saludo con la cabeza. Luego trató de ignorarle, aunque no pudo evitar seguirle con la vista mientras él se alejaba.

Raimundo salió y buscó a quien pudiera contarle por qué había un ataúd en el salón de su casa. ¿A quién acogía? Angustiado, entró en el despacho de su padre y allí lo encontró, junto a su madre.

—Rai, hijo mío —dijo Isabel levantándose a su encuentro—. Mi pequeño. ¡Qué alegría tenerte en casa!

—¿Qué ha pasado, mamá? ¿Quién ha…?

—Tu hermano Críspulo, hijo —informó Ramón. Permanecía sentado mientras sus manos jugueteaban con un bastón con mango de marfil en forma de cabeza de caballo—. Ha muerto en el cuartel. Un accidente, dicen: un disparo mientras limpiaba su arma.

Raimundo no pudo reaccionar ante tal noticia y guardó silencio por un momento. Solo se oían los sollozos de Isabel, que habían arrancado de nuevo al escuchar cómo su marido narraba la muerte de su primogénito.

—Tu padre no quiso comunicártelo en su carta por miedo a que el golpe fuera demasiado duro —dijo enjugando sus lágrimas—. La desgracia se ceba con nuestra familia, hijo mío: primero el accidente de tu padre y ahora esto.

—¿Cómo estás de tu espalda, padre? Pensaba que no era tan grave, tal y como me dijiste en tu carta.

—Sí ha sido grave…

—¿Me dejas que conteste yo, Isabel? —protestó Ulloa con voz tajante—. Déjanos solos, por favor.

A diferencia de otras veces, Isabel optó por obedecer y salió sin ninguna queja de la habitación, tras apretar cómplice el hombro de su hijo a modo de despedida. Realmente, Raimundo tenía muchas preguntas sobre esos últimos acontecimientos. Ramón carraspeó y luego arrancó a hablar, en voz pausada:

—Si no quise decirte todo en la carta en la que requería tu presencia es porque, como imaginarás, las cosas para nosotros se han puesto feas. La continuidad de nuestra familia y de nuestra fortuna está comprometida, Raimundo. Con mi accidente y sobre todo con la muerte de Críspulo…

—Pero ¿qué estaba haciendo Críspulo, padre?, ¿por qué alistarse tan de repente? Si era el llamado a gestionar la fortuna Ulloa…

Ramón se movió incómodo en el sillón. Raimundo pensó que podía ser a causa de sus dolores, aunque bien podía deberse a lo expeditivo de su pregunta. El trato con su padre había sido que Raimundo podía estudiar y Críspulo heredaría la mayor parte de la fortuna familiar, junto con su gestión. Por eso, todos aquellos repentinos e inexplicables cambios mientras él estaba lejos de casa no le encajaban. ¿Qué había ocurrido aquellos dos últimos años?

—El ejército no es mala escuela para aprender disciplina, ¿no crees?

—Sí, padre, pero Críspulo no era hombre de armas. Todos sabemos cómo era.

—¿Qué quieres decir con eso, Raimundo? ¿Qué insinúas? —preguntó casi intimidando a su hijo.

—¿Insinuar? —El joven entendía cada vez menos—. No insinúo nada, papá. Críspulo era un hombre tranquilo. Siempre prefirió los libros y estar en casa antes que el campo o cualquier cosa que implicara movimiento. No insinúo nada. Solo intento entender. ¿Por qué estás tan a la defensiva?

—Discúlpame, hijo mío —Ramón rebajó el tono—. Estos dolores me están matando y estoy extremadamente irascible.

El joven se dejó caer en el sillón y se cubrió la cara con las manos. No entendía nada. Recordó a Críspulo, la última vez que se vieron, en Navidades, cuando fue a verle a Salamanca. Había pasado tanto desde entonces… Echó atrás la cabeza y miró a su padre, que parecía agotado.

—¿Qué dice el doctor Salinas de tu accidente?

—Pocas esperanzas da, la verdad. —Hizo un gesto con el bastón y negó con la cabeza—. Apenas resisto en pie unos minutos sin agotarme; parece que estoy condenado a esa silla de ruedas de por vida. Los dolores a veces son insoportables. Y me recomienda que no abuse de la tintura de láudano, que por otra parte es lo único que me los alivia. Eso sí, dejándome en un estado excesivamente relajado. Por eso te necesito, hijo mío.

—¿En qué puedo ayudarte, padre?

Ramón dejó pasar unos segundos antes de soltarle lo que llevaba rondando desde que supieron en La Traba de la muerte de Críspulo.

—Necesito que te hagas cargo de los negocios, Rai. Yo no puedo hacerlo.

Esa frase cayó en Raimundo como una losa. Con solo unas pocas palabras, su padre pretendía cambiar todos sus planes de futuro. Él quería estudiar, no pasaba por su cabeza convertirse en un terrateniente o en un empresario. Además, su visión de la justicia de pobres y ricos había cambiado durante su estancia en Salamanca: en sus clases de historia había empezado a ser consciente de que había algo profundamente injusto en el sistema de clases del que él disfrutaba. Las palabras de Ramón Ulloa no eran solo un atentado contra su futuro, sino contra lo que habían comenzado a ser sus ideales. Por un momento, miró a su padre y vio que le esperaba la misma vida que a él; con las mismas frustraciones, las mismas renuncias y probablemente las mismas amarguras. Se vio a sí mismo unos años después, clavado a un sofá, girando un bastón entre sus dedos como hacía ahora Ramón, y viviendo con una mujer a la que había dejado de querer, si es que algún día lo hizo.

—¿Me estás pidiendo que renuncie a mis estudios? —Aquello era en realidad más una afirmación que una pregunta.

—No hay otra solución, Rai. A veces la vida no es lo que deseamos. —Y al decir aquello, Ramón pensaba tanto en su hijo como en sí mismo—. Yo también renuncié a mis sueños cuando mi padre me lo pidió.

—¿Y fuiste feliz después de hacerlo?

—No se trata de felicidad. Se trata de responsabilidad. No te estoy dando la opción. Apelo a tu sentido del deber para con tu familia.

Evidentemente, padre e hijo tenían dos visiones opuestas de la vida. El verdadero problema era que Raimundo se sentía incapaz de encontrar una solución. En el estado de su padre, no veía más camino que obedecer.

—Déjame acabar los estudios al menos —propuso en un último intento de convencer a su padre.

—No contamos con ese plazo, hijo. En este momento

hay inversiones muy fuertes que bajo ningún concepto quiero dejar en manos de Arriaga. Necesito un hombre de confianza. Críspulo era esa figura, pero faltando él, solo puedes serlo tú.

—Necesito tiempo para hacerme a la idea, papá.

—El que quieras, pero solo hay una respuesta posible.

Raimundo sabía que no tenía otra opción, pero no quería entregar su bandera tan rápido.

Al día siguiente todo el pueblo acudió al entierro de Críspulo. Después de la misa, la familia Ulloa subió al altar y uno por uno, los habitantes del pueblo fueron pasando, presentando una vez más sus respetos a Ramón, Isabel y Raimundo. Desfilaban delante de ellos, los miraban y hacían una leve inclinación con la cabeza. Era lo que en Puente Viejo se llamaba la cabezada o, más exactamente, *la cabezá*. A la familia del difunto no le quedaba otra que aguantar aquel desfile de dolientes, que en el caso de Críspulo, al ser persona notable y con posibles, resultó largo y tedioso porque todo el mundo se sentía en la obligación de hacer acto de presencia.

También los Montenegro acudieron a la iglesia. Eduvigis se unió a la fila que iba a llegar al altar, al igual que Enrique, pero Francisca se quedó en su sitio en el banco, la cabeza cubierta con un fino velo negro de encaje. Raimundo la vio desde el primer momento, pero no sabía si quería que se acercara o no, se sentía confuso por la muerte de su hermano, por el cambio de su vida y por verla de nuevo. Esperaba que tras todo este tiempo sin contacto las cosas hubieran cambiado y que verla no le supusiese ninguna emoción. Lo mismo esperaba ella.

Ambos se equivocaban: lo habían sabido desde que sus miradas se cruzaron brevemente en el salón de La Traba.

Tras «la cabezá», todo Puente Viejo acompañó a los Ulloa en procesión hasta el cementerio. Cuando la primera palada de tierra iba a caer sobre el ataúd de Críspulo, Raimundo vio cómo Francisca se llevaba las manos a los oídos. Esperaba ese gesto. Lo hizo cuando enterraron a Miguel y sabía que volvería a hacerlo porque no soportaba ese sonido: lo había escuchado demasiadas veces en su vida. La observaba en silencio cuando ella levantó la mirada, y creyó ver en el fondo de aquellos ojos negros una inmensa tristeza y un «por qué» desgarrado.

Aguardó a que acabara la ceremonia. Sabía que ella no iba a hablar, que nunca daría el primer paso, pero él no tenía ese orgullo y odiaba la incertidumbre y las palabras que queman el corazón y se esconden de los labios. Llevaba dos años fingiendo que no necesitaba respuestas, y había bastado con verla para darse cuenta de hasta qué punto se había estado engañando. Las necesitaba, sin duda, y más ahora que se veía presionado por la orden de su padre, así que se dirigió hacia ella temiendo la misma reacción del día anterior. No llegó a su lado.

—¡Raimundo! —Eduvigis acudió cerca de su hermana y le saludó efusiva—. ¡Qué lástima encontrarnos en estas circunstancias!

Luego tomó su brazo y con delicadeza lo alejó de Francisca, que no hizo ningún gesto por seguirlos. Apenas una sombra de ira cruzó su mirada.

—¿Cómo está todo por La Casona, Edu? —preguntó, más por cortesía que por el interés de oírlo por boca de Eduvigis.

—Bien. Las cosas van mejor. Yo me ocupo de la casa, ya sabes el trabajo que da, y padre se pasa el día en los campos.

Melquíades llegó a su altura y Raimundo los presentó.

—¿Y Francisca? ¿Cómo está?

—¿No te ha escrito para contarte?

—No. Nunca recibí noticias suyas, a pesar de haberle escrito con frecuencia.

—¡Qué extraño! Creía que lo había hecho. Bueno, ya sabes el carácter que tiene. Seguro que se enfadó porque te fuiste. Mi hermana es un poco, ¿cómo decirlo?, *rebelde* —concluyó, coqueta, sin dejar de mirar a Melquíades.

—Hablaré con ella.

—¿Te quedas por Puente Viejo, entonces?

—Sí, al menos unos días.

—Y yo con él —quiso aclarar el universitario—. Quizá podamos merendar alguno de estos días. Con usted y su hermana.

Raimundo lo miró, sabiendo bien a las claras cuáles eran sus intenciones.

—Iremos a verlas a La Casona, Melquíades. No te preocupes, que no te dejaré encerrado en La Traba —dijo con un poco de sorna.

—No sé si Francisca se nos unirá, pero estaré encantada de recibirlos cualquier tarde, aunque ella esté en los campos con mi padre. Le encanta ese trabajo, rodeada de braceros y de gente vulgar. No sé cómo lo soporta, la verdad.

Raimundo vio cómo su madre le reclamaba con un leve gesto de cabeza.

—Me requieren, Edu. Me alegro de verte —dijo tocando el ala de su sombrero negro a modo de despedida—. ¿Vamos, Melquíades?

El joven besó la mano de Eduvigis y siguió a su amigo.

Cerca de allí, Enrique los vio alejarse:

—¿No vas a saludarlo?

—No he podido, padre. Ya lo has visto: Eduvigis ha desplegado sus encantos —contestó amarga.

—Ya sabes cómo es tu hermana. Ya tendrás oportunidad de hablar con él —afirmó, ignorante de todo el drama que había pasado su hija en la ausencia de Raimundo—. ¿Nos vamos a casa? Aquí ya no hacemos nada.

Subidos en la calesa de vuelta a La Casona, Eduvigis suspiró hondo antes de empezar a hablar, pero Francisca la interrumpió seca.

—Como digas algo sobre Raimundo, te tiro del carro al camino.

Enrique, que iba al pescante, miró a su hija y calló ante su cara de enfado. Tampoco Eduvigis se atrevió a abrir la boca.

14

La tata dejó aquel sobre en la consola de la entrada. Una escritura perfecta y masculina había trazado unas palabras sobre su parte frontal: «Señorita Francisca Montenegro». Raimundo se lo había dado a Catalina para que se lo entregara, sabiendo de la relación entre las dos mujeres, y Leonor lo había dejado sobre la consola por un extraño deseo de que su niña Francisca viera alguna carta de Raimundo sobre aquel mueble que demasiadas veces había oteado y encontrado vacío. Leonor, buena conocedora del alma humana e instintiva para los comportamientos de los amantes, jamás había entendido el silencio de Raimundo, y cuando Catalina le dio aquella nota de su señorito, una idea empezó a germinar en su cabeza. No podía abrir el sobre, aunque ardía en deseos de hacerlo, pero se figuraba que algo bueno decía y ansiaba ver la cara de Francisca cuando advirtiera aquella nota sobre el mueble.

La joven aún no había vuelto de los campos, y la tata aguardaba impaciente, tan pronto aguzando el oído hacia la puerta como echando rápidos vistazos a la consola para cerciorarse de que aquel papel seguía allí.

Fue en uno de esos vistazos cuando vio que Eduvigis lo cogía.

Algo le dijo que no debía revelar su presencia. Leonor la vio subir las escaleras hacia el desván con la carta y la vio bajarlas al poco con las manos vacías, y un terrible escalofrío recorrió su espalda. ¿Sería posible lo que estaba imaginando? Tras darle unos minutos, subió ella misma al desván y miró a su alrededor. Y pensó. ¿Dónde podía esconder Eduvigis lo que ella sospechaba que había escondido? Buscó entre los trastos cubiertos de polvo, en los armarios que contenían los vestidos de Esperanza, todos protegidos en lienzos blancos. Revolvió en sus cajones, miró debajo de ellos. Nada. Un ratón saltó y la asustó. Dio un respingo y chocó con la cuna de los niños, que se meció por unos momentos. ¡La cuna! Quitó el lienzo que la cubría y que, cosa extraña, no tenía ese polvo que arropaba el resto de los trastos del desván. Pasó la mano por encima de su colchón de lana y notó algo duro debajo. Lo levantó y allí encontró dos cajas: un estuche cuadrado y pequeño, de un bonito azul turquesa, y otro más grande de madera que recordaba que Miguel había hecho y regalado a su hermana Eduvigis en algún cumpleaños. Al abrirlo y ver su contenido, tuvo que apoyarse en uno de los armarios para no perder el equilibrio.

En aquella caja estaban las cartas. Decenas de cartas. En un montón las de Francisca, con su torpe caligrafía. En el otro reconoció la escritura de Raimundo y sobre todas ellas, la nota que esa misma mañana le había entregado Catalina. Todas estaban abiertas y suponía que leídas por los ojos de una persona que no era su destinataria. La cajita azul, a todas luces una caja de joyería, custodiaba en su interior un broche. Leonor lo acercó a la luz de la vela: era una libélula azul, pequeña y delicada. En la caja, una nota: «Siempre te rodearán libélulas azules. Tuyo, Raimundo».

—¡Dios mío! ¡Cuánta maldad! —murmuró al tomar conciencia de todo lo que aquello suponía.

Llevó aquellas cajas a su cuarto. Necesitaba ponerlas a salvo antes de decidir cómo desvelar aquello que acababa de descubrir. Esa no era la travesura de una niña pequeña; era jugar con los destinos de otras personas. Era cruel. Muy cruel. Leonor sabía que Eduvigis podía sentir celos de su hermana, sabía que sin duda había tenido un sentimiento de princesa destronada cuando Francisca vino al mundo, pero llevarlo hasta aquel extremo era algo que jamás habría imaginado.

Tomó la nota de Raimundo y la guardó en el bolsillo de

su mandil. Cuando Francisca llegó del campo con su padre, se la entregó.

—Léela, niña. Es para ti.

Francisca la cogió y la miró extrañada.

—Pero el lacre está roto.

—Luego te explico. Anda, léela.

¿Aceptarías verme debajo del nogal a pesar de la nieve?
Por favor. Ven a las cinco. Te esperaré allí.
Esta tarde y tantas como sea necesario,

Raimundo

—No voy a ir —dijo al tiempo que arrugaba la nota.

—Deberías. —Leonor tomó aire; lo que le esperaba ahora no era nada fácil—: Siéntate —le dijo al fin—. Tengo que contarte algo. Y es grave.

La tata fue a buscar las cajas y las puso encima de la mesa de la cocina. Cuando Francisca abrió la de madera y pasó sus manos por las cartas de Raimundo, la ira empezó a ganarla. Cuando abrió el joyero y vio la libélula y la nota que la acompañaba, las lágrimas comenzaron a agolparse en sus ojos. No sabía si llorar, o gritar, o matar a su hermana. No daba crédito a lo que estaba leyendo, aquella historia parecía sacada de una novela: no podía estar pasándole a ella.

—¿Irás ahora? —preguntó la tata.

—¿Dónde está Eduvigis? —dijo entre lágrimas.

—Eso no importa ahora, niña. Ve a buscarle. Yo guardaré todo esto a buen recaudo.

—Quiero verla antes.

—Francisca Montenegro, escúchame: su mayor castigo será tu felicidad, ¿me oyes? Ve. Haz lo que tienes que hacer.

Allí estaba. Esperándola.

Descabalgó. Ni siquiera ató a Jara y corrió hacia sus brazos. Y protegida contra su pecho, lloró como una niña, abrazándole muy fuerte. Allí era donde quería estar por el resto de sus días. Entre sus brazos. Aquel era el lugar más seguro que ella podía imaginar. La tarde iba cayendo deprisa y el frío hacía brotar vapor de sus bocas. Lo detuvieron con un beso largo y ansiado durante mucho tiempo. Tanto que lo habían creído perdido.

A llegar de vuelta a La Casona, Raimundo ya sabía lo que había pasado. Cuando vieron a Eduvigis tras el ventanal del salón, Raimundo la abrazó y le dio otro largo beso.

—Nunca más volveremos a ocultarnos, Francisca. Nunca más. Ni volveremos a separarnos.

Francisca se quedó en lo alto de los escalones de entrada, viéndole cabalgar hacia La Traba. Luego fue directa al salón, hacia Eduvigis. Se paró delante de ella y le dio un tremendo bofetón.

—Mi felicidad será tu castigo —sentenció—. A partir de ahora, para mí no existes.

15

Mientras en La Casona Francisca se mudaba a la habitación de Miguel, decidida a no volver a dirigirle la palabra a su hermana en lo que le restase de vida, en La Traba Raimundo también estaba a punto de coger las riendas de su destino. Durante la cena, les había dado a sus padres la feliz noticia de que aceptaba quedarse en Puente Viejo y hacerse cargo de la fortuna familiar, y ahora su madre lo miraba arrobada, satisfecha de que fuese tan obediente y tan consciente de sus responsabilidades.

—Me alegro tanto de que hayas entendido que debes hacer caso a tus padres, hijo mío. Tenerte aquí conmigo mitiga la pérdida de tu hermano.

Por el momento, el joven Ulloa había callado que la verdadera razón por la que se quedaba era Francisca, pero estaba dispuesto a que el tiempo lo fuera devolviendo todo a su sitio.

—A partir de mañana, nos dedicaremos a ponerte al día de tus obligaciones. Aprenderás rápido, no me cabe duda —dijo Ramón—. Arriaga estará satisfecho con este arreglo. Le escribiré tras la cena para comunicárselo.

—Me temo que habrás de volver solo a Salamanca, Melquíades. ¿Aguantarás al profesor Suárez sin mi apoyo? —bromeó Raimundo.

—¡Qué remedio, amigo mío! El deber te llama. Ya encontraré a alguien que te sustituya, no creo que sea difícil.

—Es un placer tenerle aquí, Melquíades. Nos encantaría que se quedase con nosotros una temporada más.

—Y yo me quedaría a vivir aquí, doña Isabel. ¿Aceptaría una boca más a su cargo?

Todos rieron la broma de Melquíades. Raimundo no recordaba cuándo había sido la última vez que le había escuchado hablar en serio. De hecho, pensaba que nunca.

—¿Es por la compañía de los Ulloa o quizá hay alguna otra razón? —indagó Raimundo, que conocía bien a su amigo.

—No quieras saber, no quieras saber. Pero me ayudaría que forzaras una invitación a merendar en cierta casa.

—Preferiría que mi hijo no frecuentara esa «cierta casa», Melquíades —dijo Isabel, sospechando a qué se refería—. No me agrada nada que se relacione con «cierta señorita» que vive en esa «cierta casa». Aunque he de reconocer que, como buen hijo, parece que por fin la ha olvidado.

Melquíades, que daba un sorbo a su copa de vino, casi se atragantó al escuchar aquello. Raimundo iba a lanzarle una significativa mirada para advertirle que fuese discreto, pero de repente recordó la promesa que le acababa de hacer a Francisca. Nunca más volvería a ocultarse.

—No, mamá. No te equivoques. No la he olvidado —dijo haciendo acopio de todo su valor, consciente de lo que aquella afirmación traería consigo.

—Pues tendrás que empezar a hacerlo. Es una pena que hayas perdido dos años en la universidad sin olvidarla. Tendrás que empezar desde cero.

—No pienso hacerlo, mamá. Llegué a un acuerdo con papá antes de irme a Salamanca. Yo he cumplido mi parte. Me quedaré, pero aceptaréis a Francisca como la mujer que he elegido.

—¡Nunca! —levantó la voz Isabel.

—No acepto condiciones, hijo —dijo Ramón—. Francisca Montenegro no está en nuestros planes como heredero de la fortuna Ulloa.

—Pero sí lo está en los míos de futuro. —Raimundo había encontrado un valor inusitado en aquel momento. Por su parte, Melquíades no se atrevía a levantar los ojos de su plato y comía en silencio.

Ramón respiró profundamente, invocando una paciencia de la que carecía en los últimos meses.

—Raimundo, el patrimonio familiar está por encima de tus planes de futuro. Es así de simple. Hay compromisos que tu padre ha adquirido y ante los que tú has de responder. Es una cuestión de honor. No hay nada que discutir.

—Muy terribles han de ser esos compromisos cuando me los vas revelando poco a poco.

—No son terribles. Simplemente son. Y debes asumirlos.

—Dilos, pues. Que sepa al menos a qué me enfrento —retó a su padre.

—Di mi palabra a Arriaga de que su fortuna y la nuestra se unirían con un matrimonio. Críspulo había aceptado desposarse con la hija de Arriaga, Amada.

—¿Y como Críspulo ha muerto, ahora tengo que casarme yo? —Raimundo estalló en una incrédula carcajada—. ¿Qué somos tus hijos?, ¿ganado que cruzas para mejorar la especie?

—Raimundo, estás cayendo en la insolencia —dijo su madre.

—No, mamá. Estoy de lleno en ella —respondió agresivo—. Ni soñéis con que voy a casarme con una mujer a la que ni conozco ni quiero. ¿Os queda claro? —Se levantó y dejando la servilleta de un golpe seco sobre la mesa, dio por terminada su cena—. Si me queréis aquí, tendréis que aceptar mis condiciones.

Ninguno de los presentes había visto nunca así a Raimundo.

—¿Qué vas a hacer, Ramón? —preguntó Isabel al minuto, casi retando a su marido, una vez Melquíades se disculpó y abandonó la mesa.

—Lo que haya que hacer. Déjame a mí. Pero cumplirá con sus obligaciones. No lo dudes.

Raimundo estaba sentado en el jardín. No le importaba el frío.

—Creo que tienes que contarme algo, ¿no es así? ¿Cómo ese cambio de querer olvidarte de Francisca a enfrentarte a tus padres por ella?

Melquíades sacó una pequeña petaca de plata de su bolsillo y se la tendió a su amigo, que le dio un sorbo.

—Con mesura. Que estamos en casa de tus padres y no en Salamanca, amigo. Y nadie mejor que yo conoce cuál es tu refugio del mal de amores.

Melquíades tenía razón. Fueron días aciagos para Raimundo mientras esperaba noticias de Francisca, sin saber que ambos atravesaban a un tiempo el mismo calvario: anhelando primero e intentando olvidar después. Francisca lo pasó en silencio y sola. Raimundo encontró un refugio en la bebida, pero las mañanas siguientes eran terribles. El dolor seguía allí, mezclado con un tremendo arrepentimiento por haber buscado esa salida. Melquíades intentaba que se relacionara con otras mujeres, convencido de que otro amor le haría olvidar a Francisca. Pero en cualquier taberna, Raimundo tenía un único objetivo: beber rápido para caer lo antes posible en la inconsciencia. Solo buscaba no pensar. No sentir. Quizá una sola nota de su amada diciéndole que todo había acabado le habría ayudado, pero únicamente manejaba la incertidumbre y en alguna parte de sus pensamientos, la difusa esperanza de que hubiera una explicación para todo aquello.

Ahora esa explicación había llegado, terrible pero liberadora. Y aun así, no podían amarse libremente. Su relación entera estaba marcada por la adversidad, aunque confiaba en que en algún momento, por alguna magia poética, todo aquello pasara. Sabía que sus padres serían un grave escollo, «pero si el amor es puro —se decía—, podrá con todo». Su esperanza no podía estar más lejos de la realidad.

16

—¿Crees que hay alguna posibilidad de que podamos estar juntos?

Francisca no preguntaba aquello porque dudara de su amor hacia Raimundo, sino porque él había preferido explicarle sin rodeos cómo eran las cosas.

—Creo que si estamos juntos, no podrán con nosotros. Y tengo la esperanza de que mis padres acaben por entenderlo y cedan.

No mentía. Creía firmemente que si el destino les había mandado aquel amor, era porque quería que estuvieran juntos; si no era así, aquello no tenía ninguna lógica. Algo tan fuerte no podía existir para quedarse en nada.

Francisca había hecho oficial su relación con Raimundo una mañana en que la nieve, que había caído sobre la capa ya existente, los había obligado a su padre y a ella a quedarse en casa revisando cuentas. Fue Enrique quien le preguntó por qué no se hablaba con su hermana y Francisca le contó toda la verdad sobre la maniobra de Eduvigis y también le reveló la feroz oposición de los padres de Raimundo.

—No sé qué pensar, hija mía. No sé qué futuro puede tener una relación que no cuenta con la aprobación de los padres. Y menos si esos padres son los Ulloa. —En el discurso de Enrique Montenegro había una sombra de preocupación que Francisca detectó enseguida.

—¿Qué temes, padre?

—Temo que los Ulloa no paran mientes a la hora de asegurar un negocio. Si el matrimonio de Raimundo con otra mujer es un pilar en sus intereses, moverán cielo y tierra para conseguirlo.

Aun sin haber podido demostrarlo, Enrique continuaba seriamente convencido de que el incendio que lo arruinó, y a causa del cual había perdido la Finca del Río y a su propio hijo, había sido provocado. Cierto era que las investigaciones que llevó a cabo la Guardia Civil no dieron ningún fruto, pero Montenegro era consciente de que la policía no se movía para culpar a un poderoso por una simple sospecha. La investigación no fue en absoluto exhaustiva, y tras el desastre, Enrique no contaba con fondos para indagar por su cuenta. Por eso decía lo que decía sobre los medios que podían usar los Ulloa o Josechu Arriaga. También en este caso el vasco tenía intereses en que el matrimonio de su hija con el pequeño de los Ulloa no se celebrara.

—Pero Raimundo no se lo permitirá. Me lo ha prometido.

—¡Qué inocente eres a veces, Chiqui! —dijo mirando a su hija con ternura—. Ni la voluntad de Raimundo podrá con ellos.

—Yo creo que sí, padre.

—Bueno. En cualquier caso, si este muchacho quiere hacer las cosas correctamente, debería pedirme tu mano, ¿no crees?

Como si alguien hubiera escuchado aquellas palabras, la tata entró con una nota con el escudo Ulloa en el sobre. Era una invitación para que Enrique y sus hijas asistieran a una pequeña cena en La Traba, con motivo de las Navidades.

—¿Lo ves, padre? ¿Cuándo nos han invitado los Ulloa a su casa?

—Eso es cierto. —Enrique pensó que tal vez estuviera equivocado.

—Aceptarás, ¿verdad?

—¡Qué remedio!

Cuando se vieron aquella tarde, Raimundo confesó a Francisca que también a él le había extrañado la invitación. Lo más extraño era que dicha propuesta procedía de Isabel, aunque ella lo justificó ante su hijo de forma convincente:

se había dado cuenta de que nada de lo que sus padres dijeran iba a hacer mudar los sentimientos de su hijo, así que prefirieron dar su bendición a la relación, antes de que hicieran una tontería que dejara en entredicho el honor de los Ulloa.

Lo cierto es que durante aquellos días, los jóvenes amantes no tuvieron que esconderse. Raimundo acudía regularmente a La Casona, sin necesidad de ocultar esas visitas a sus padres. Francisca, en cambio, prefería no visitar La Traba por varias razones. En realidad, se concretaban en dos: la primera, que tenía un miedo atávico a Isabel; la segunda —y esta le costaba reconocérsela a sí misma— es que disfrutaba de su pequeña venganza ante Eduvigis. Sabía que su felicidad con Raimundo la hería y no quería renunciar a hacerlo siempre que podía. Se avergonzaba, pero al tiempo pensaba que la crueldad de su hermana merecía un prolongado castigo. Y si en su mano estaba, lo tendría.

Fueron días de sueños, aunque no sueños nuevos: eran todos esos que ya se habían escrito en aquellas cartas que nunca llegaron a sus destinatarios y que Raimundo y Francisca leían ahora cerca de la chimenea. Se dieron cuenta de que eran los mismos deseos. Ninguna carta era una respuesta a otra, pero curiosamente, como en un perfecto engranaje, los anhelos de los dos coincidían sin saberlo. Querían el mismo número de hijos; cada uno dejaba al otro que eligiera el destino de su luna de miel; ambos estaban de acuerdo en vivir en La Casona... Y todas aquellas coincidencias los reafirmaban en su convencimiento de que su amor no podía sino acabar en una feliz unión hasta el fin de los tiempos.

—Cuéntame otra historia —le decía Francisca, ambos jugando a entretejer sus manos. Y es que algo más en lo que siempre habían encajado era en que a Raimundo, debido quizá a sus raíces celtas, le encantaba contar historias y a Francisca, escucharlas. Unas veces le contaba relatos que escuchaba de su padre sobre la tierra natal de los Ulloa; otras, le leía pasajes de libros.

Raimundo amaba especialmente las historias del rey Arturo y sus caballeros y al contarlas, le transmitía a Francisca su entusiasmo por las tierras de Cornualles. Le recitaba como un hechizo aquellos nombres de castillos envueltos en la bruma de una tierra de suaves prados verdes que acababan en acantilados agrestes y vertiginosos —«Los ingleses los llaman Land's End, el Fin de la Tierra», explicaba él—. La joven aprendió nombres como Camelot, Tintagel, Avalon... Todo sonaba tan lejano y al mismo tiempo tan mágico, tan diferente de su montañosa y austera tierra de Puente Viejo.

—Ese será nuestro viaje de luna de miel —decidieron. Recorrerían los lugares cuyos caminos hollaron los cascos del caballo de Lancelot; buscarían la roca donde Merlín clavó a Excalibur; atravesarían el mar entre las islas Sorlingas y el continente, por encima de la hundida Lyonesse, la patria de Tristán, que los dos decidieron que sería el nombre de su hijo varón; y se refugiarían de la lluvia en alguna taberna de Penzance, a beber cerveza templada. Todo aquello cerca del mar. De un mar que ni Francisca ni Raimundo habían visto nunca.

Entre promesas y deseos llegó el día de la anunciada recepción.

Al salir del arco de olmos, aparecía La Traba con todas las ventanas de la planta baja iluminadas. Francisca no había vuelto allí desde la muerte de Críspulo y aquella vez apenas pudo fijarse, demasiado preocupada por la posible reaparición de Raimundo: la memoria que tenía de la casa de los Ulloa era la de su niñez. Guardaba una imagen de techos altos y espacios enormes, que ahora no se lo parecían tanto, pero lo que sí seguía pensando era que aquella casa con hechuras de pazo gallego era muy bonita. Francisca no había apreciado nunca detalles que ahora llamaban su atención: una alfombra en tonos granate cubría toda la extensión de una amplia escalera de mármol; en su balaustrada, guirnaldas de acebo recordaban la fecha del año y la razón por la que los Montenegro habían pisado aquel umbral; las dos arañas de cristal del salón, con numerosas velas encendidas, regaban de luz una mesa alargada y dispuesta para muchos comensales, con una vajilla de filo dorado con el escudo de los Ulloa pintado en cada una de sus piezas, a juego con todas las copas que Isabel había encargado a un cristalero de Bohemia.

Al fondo de aquel salón, un enorme abeto con bolas de colores y pequeñas velas encendidas en todas sus ramas llamó la atención de Francisca.

—¿Te gusta? Ha sido una idea de Ramón —le dijo Isabel, extrañamente simpática—. Trajo los adornos de un viaje a Inglaterra.

—Sí. Es precioso —contestó. Ni en La Casona ni en ninguna casa del pueblo tenían por costumbre la decoración navideña. Era aquella una época de recogimiento y no de ostentación, como parecía en casa de los Ulloa, pero estaba claro que ni siquiera el luto por la reciente muerte de su hijo mayor había cambiado el afán de reconocimiento de Isabel Ulloa. ¿Cómo iba a dejar escapar una oportunidad semejante para apabullar a quienes ella consideraba «inferiores»?—. Nunca había visto un árbol parecido —reconoció la joven.

—Claro. No me extraña —dijo Isabel sonriendo y confundiéndola—. Pasemos a la mesa, por favor, Enrique.

Raimundo ya estaba en el salón y miró a Francisca de una forma extraña. Ella lo notó tenso, pero pensó que era normal: una presentación oficial de las familias también la ponía nerviosa a ella.

Los invitados fueron pasando al salón, donde ya esperaban el doctor Salinas, el padre Clemente y Melquíades, que saludó con una inclinación de cabeza y una sonrisa abierta a Eduvigis. Tras ellos apareció Josechu Arriaga, que llegó charlando con Ramón, y a los pocos segundos entraron una mujer y una joven que Francisca reconoció enseguida de aquella vez que Críspulo la devolvió a casa desde el pueblo: eran Maite de Arriaga y su hija, Amada, aquella joven bonita y pálida que casi no podía respirar en la diligencia.

Imaginó que habrían llegado con motivo del funeral de Críspulo. Aquel hombre tenía algo tan extraño… Comenzó a entender por qué veía tan nervioso a Raimundo.

—Estás preciosa. —El joven Ulloa se había acercado hasta ella y le apretaba la mano mientras le hablaba bajito, casi al oído.

—¿Qué es esto? —preguntó inquieta.

—No te preocupes. Te rodean libélulas azules —afirmó tocando el broche de libélula que Francisca llevaba en su vestido—. Ellas te cuidarán.

Aquella complicidad la relajó, aunque no por mucho tiempo.

Como anfitriona, Isabel se ocupó del protocolo de distribuir a los invitados en la mesa: Ramón en una de las cabeceras, flanqueado por Josechu Arriaga y Raimundo; al lado de este sentó a Amada, y relegó a Francisca al extremo más alejado.

—No, padre. No digas nada —suplicó ella al intuir un conato de protesta por parte de Enrique Montenegro.

Durante la cena, Raimundo apenas habló con Amada, que dirigió una sonrisa a Francisca una vez todos tomaron asiento. No era una sonrisa de triunfo, sino un saludo cómplice que se dirige a alguien a quien se aprecia.

Las conversaciones en la cena versaron casi exclusivamente sobre un tema: el complicado momento que atravesaba España aquel recién estrenado 1869. Hacía pocos meses, en septiembre, había triunfado una revolución y la reina Isabel II había partido al exilio en Francia dejando su lugar a un gobierno democrático formado por la unión de progresistas, unionistas y demócratas y que encabezaba el general Serrano, principal instigador de la revolución. Los cambios que anunciaba aquel gobierno habían preocupado seriamente a Josechu Arriaga, que veía amenazados los privilegios de la clase dirigente a la que pertenecía y le hacían temer por sus negocios. Dudaba de la continuidad de sus contactos en puestos de responsabilidad del gobierno y temía, por tanto, que se fueran a anular los contratos para las obras del ferrocarril.

Ramón podía tener la misma preocupación respecto a

sus negocios, pero estaba realmente satisfecho con el cambio de gobierno. Sin embargo, era incapaz de llevar a su práctica cotidiana su ideología liberal y progresista: todo su pensamiento moderno en cuanto a política se olvidaba cuando llegaba el momento de imponer su voluntad a su hijo, y aquel despotismo familiar se había acentuado tras el accidente. De hecho, había consentido o puede que articulado el desaire que se estaba haciendo a Francisca, toda su familia y a su propio hijo en aquella cena. Así las cosas, la conversación que mantenían Ramón y Arriaga sobre temas políticos contrastaba con el silencio casi sepulcral de la otra cabecera de la mesa. Tan solo Eduvigis y Melquíades hablaban de vez en cuando, tras haber establecido una sorda conversación de miradas.

Cuando acabaron los postres, Ramón invitó a los hombres a pasar al salón de fumar, pero Enrique declinó la invitación y se disculpó con el pretexto del trabajo duro que le aguardaba al día siguiente. Al oírlo, Francisca respiró aliviada. Había querido salir corriendo desde el primer momento, aunque aguantó porque sabía que cualquier salida de tono por su parte no haría más que dar a Isabel nuevas razones para odiarla. Eduvigis, en cambio, se sintió profundamente decepcionada: esperaba poder conversar con Melquíades, y ahora su padre le negaba aquella oportunidad a pesar de sus súplicas.

Se mantuvo callada todo el camino hasta La Casona y solo al llegar a casa, Enrique quiso hacerle entender que habían hecho lo correcto.

—¿Lo correcto para quién? —replicó ella.

—Es inconcebible que no hayas visto la afrenta a tu hermana y a todos nosotros, Edu.

—Mi hermana, mi hermana, siempre mi hermana. ¿Y yo?, ¿no cuento? —Eduvigis estaba entrando en una de sus crisis de princesa destronada—. Nunca te casarás con Raimundo, ¿me oyes? Y en el fondo de tu alma lo sabes, pero eres incapaz de dejar que las demás seamos felices por nuestro lado.

—¿Te has vuelto loca? —preguntó Francisca. Estaba tan asombrada por el ataque que olvidó su intención de no volver a dirigirle la palabra. Ahora la miraba sin dar crédito a lo que salía por su boca, aun cuando sabía que aquello no era el final, que Eduvigis no cesaría si algo no la paraba.

—¿Loca? Impediste que Raimundo y yo tuviéramos alguna posibilidad metiéndote en medio. Por eso secuestré las cartas, ¿me oyes? Y ahora, como su madre te desaira porque no te aprueba, quieres hacerte la víctima y estropear la posibilidad de que Melquíades y yo nos conozcamos.

—Te has vuelto loca. Definitivamente —dijo Francisca, sin argumentos ante tan peregrino y equivocado razonamiento.

—Esta discusión no tiene sentido. ¿Queréis callaros de una maldita vez? —Enrique intentaba poner paz, aunque no estaba seguro de conseguirlo.

—No le importo a nadie en esta casa. Eso es lo que pasa. Soy la mayor, así que tengo que casarme antes que ella, y eso es lo que no entendéis. Ninguno de los dos. —Envuelta en llanto, salió corriendo y se refugió en su habitación tras cerrar la puerta de un portazo.

Ni Francisca ni Enrique entendían dónde estaba escrita aquella regla que acababa de enunciar Eduvigis, pero lo que sí tenían claro era que su afán por casarse la llevaría a hacer cualquier cosa antes de consentir llevar el apodo de *solterona* que tanto temía. Pasaría por encima de cualquiera. Hasta de su hermana.

17

De niños, Esperanza les enseñó a dejar tres copas de anís en la ventana: una para cada Rey Mago. Aquellas copitas amanecían vacías y, como por arte de magia, algún regalo aparecía en el salón, bajo el ventanal. Era un día feliz para los niños Montenegro. Sin embargo, con los años aquella costumbre desapareció y nadie volvió a poner ninguna copa en el alféizar, ni a bajar al salón con pasos ansiosos, en busca de los regalos.

En eso pensaba Francisca aquella mañana cuando escuchó un golpe seco contra la ventana del que ahora era su cuarto, seguido del tintineo de unas piedrecitas contra el cristal. No podía ser otro que Raimundo. Asomó su cara a la fría mañana y vio un pequeño paquetito con un lazo plateado, muy al borde del alféizar, casi a punto de caer.

—Creo que los Reyes Magos te han dejado un regalo

—dijo risueño—, pero se han ido un poco molestos. No había anís para ellos.

Francisca rio y abrió el paquetito. En su interior, un anillo de oro con un gran diamante en barra flanqueado por otros dos más pequeños de la misma forma. Raimundo se puso de rodillas y alzó la voz desde el suelo.

—¿Nos casamos, Francisca Montenegro?

Que alguien pidiera su mano no era algo con lo que Francisca hubiese soñado, así que no tenía una idea formada de cómo debería haber sido aquel momento, pero estaba segura de que la declaración de Raimundo no debía de ser la habitual. Justo por eso le quería.

—Claro que nos casamos, Raimundo Ulloa —contestó desde lo alto, feliz y con una enorme sonrisa.

—Ábreme la puerta, que tendré que hablar con tu padre, ¿no crees?

Enrique no se opuso, se limitó a manifestar sus dudas sobre la bendición de los Ulloa, aunque vio a Raimundo tan convencido de que poco le importaba lo que dijeran que no pudo añadir nada más.

La noticia no pilló de nuevas en La Traba: dos días atrás, tan pronto como se marchó el último de los invitados a la cena y antes de pedir formalmente a Francisca en matrimonio, Raimundo había reclamado a su madre el anillo de compromiso destinado, por tradición familiar, a la esposa del primogénito. Tampoco le extrañó que ella se lo negase: acto seguido se fue a La Puebla y encargó uno, arriesgándose a que no fuera de la talla del dedo de Francisca, pero como parecía que la magia los acompañaba en esa época, acertó de pleno.

Isabel no tardó en reprochar a su marido que no hiciese nada por impedir aquella boda. «Si quiero que no se celebre, tendré que tomar cartas en el asunto», se dijo, aunque a causa de su atávica impaciencia, volvía a equivocarse.

Como Josechu Arriaga pasaba largas temporadas en la Finca del Río supervisando los trabajos, Ramón le sugirió que en vez de regresar al norte y ya que estaban en Puente Viejo, se instalaran con ellos en La Traba una temporada, alegando la disminución de su capacidad para el trabajo de campo y la inexperiencia de Raimundo. Para Josechu aquello era demasiado precipitado, pero aceptó pensarlo: quizá en unos meses... En realidad, de ese modo se ahorraría quejas de Maite sobre el mucho tiempo que pasaba fuera de su residencia de Bilbao, y además el clima más seco de Puente Viejo favorecería la delicada salud de Amada, que desde la Navidad pasada se iba debilitando.

El objetivo de Ramón Ulloa estaba claro: Amada sería la cuña que precisaban para separar a aquella pareja y evitar que su felicidad desmantelara los intereses de la familia. Amada parecía una joven encantadora y no dudaba de que

Raimundo no perdería sus maneras cuando ella estuviera en la casa; sería galante con ella. Aquella actitud de su hijo propiciaría sin duda los celos de Francisca, y acabaría por ser ella quien abandonase a Raimundo. El odio de Isabel, que no dejaba de manifestarse contra Francisca, sería la guinda perfecta de aquel amargo pastel, digno de una mente maquiavélica. Y si aquello no funcionaba, aún conservaba algún que otro as en la manga.

Desde luego, con el tiempo Ramón había ido aprendiendo los tejemanejes de su socio, sobre todo en lo referente a carecer de escrúpulos. La ambición y el sentido del deber siempre habían estado presentes en su forma de vida, pero conservaba un cierto grado de conciencia que le movía a la compasión y a poner límites a las medidas tomadas. Sin embargo, tras su accidente el dolor le había hecho olvidar sus más sólidos principios de respeto al ser humano y lo había convertido en un ser despiadado, tiránico y amargado. Solo se relajaba cuando la tintura de láudano hacía su efecto y lo llevaba a un estado de laxitud. En esos momentos sentía un leve atisbo de arrepentimiento y recordaba una frase de su amigo Enrique: «Los cobardes mueren solos».

Los Arriaga regresaron a Puente Viejo cuando la primavera empezaba a derretir los últimos restos de nieve del duro invierno. Y el perfecto engranaje que Ramón había diseñado para dinamitar la felicidad de su hijo comenzó a hacer girar sus ruedas.

Como bien supuso Ulloa, Raimundo fue amable con Amada desde el principio. En efecto, Ramón conocía a su hijo, pero a la que no conocía en absoluto era a Amada: la que había considerado como su mejor aliada no estaba actuando como él había previsto. Era una joven silenciosa y poco dada a las salidas campestres a causa de su débil salud, aunque sorprendentemente sí parecía tener una vida interior rica y disfrutaba de la soledad, con lo que Raimundo no tenía que ocuparse en exceso de ella. Así las cosas, la joven Arriaga no le mantenía —como presuponía el plan— alejado de Francisca, ni tampoco conseguía despertar sus celos. Raimundo se aburría con ella, y ella no hacía nada por retenerlo a su lado.

No era que Amada no quisiera casarse. Cumpliría a pies juntillas la voluntad de su padre, y del mismo modo en que aceptó un matrimonio con Críspulo, tampoco se negaría a la propuesta que le sustituyó. No amaba a Críspulo, como tampoco amaba a Raimundo, pero en los principios de su rígida educación de convento sabía que su obligación era obedecer a su progenitor, y así lo hacía. También daba por hecho que Raimundo estaba en la misma situación. En las escasas conversaciones que mantenían no había planes, no había sueños de viajes, ni del número de hijos. El futuro, simplemente, se obviaba, aunque cada uno lo hiciese por una razón diferente: Raimundo, porque estaba convencido de que aquella situación se solventaría y sus padres se avendrían a razones; Amada, porque dudaba de cuán largo iba a ser su futuro.

Todo aquel aire etéreo, toda aquella palidez que la convertían en un ángel no eran más que los síntomas de una tisis que los médicos dieron en ocultarle, pero Amada sabía que su cuerpo cada vez estaba más débil; que sus dificultades para respirar no eran debidas a su asma; y que aquella tos creciente podría mejorar en el clima seco de Puente Viejo, pero no desaparecería. Además, conocía demasiado bien *La dama de las camelias* como para no saber que entre Margarita Gautier y ella, la única diferencia era la vida licenciosa del personaje y que, desde luego, Raimundo nunca sería Armando Duval.

Francisca, por su parte, estaba tranquila con la presencia de aquella muchacha en La Traba por mucho que Eduvigis intentase envenenarla. Sabía bien que su hermana no buscaba abrirle los ojos a una infidelidad que solo estaba en su cabeza, sino herirla. La enemistad entre ambas no tenía ya vuelta atrás, y Francisca, más templada a pesar de ser menor, sabía que era su recurso para dar rienda suelta a unos celos infundados. Así, conseguía hacer oídos sordos a todos los intentos de Eduvigis de sembrar la desconfianza entre

Raimundo y ella, porque era absolutamente cierto que el joven Ulloa no había mudado ni un ápice en los sentimientos hacia Francisca, ni había menguado el tiempo que pasaban juntos.

Todo el pueblo estaba al cabo de la calle de que aquellos dos jóvenes habían conseguido ser felices a pesar de todas las dificultades y daban por hecho que pronto habría una boda en La Casona. Y fijaron una fecha de finales de otoño: sería el día del cumpleaños de Francisca, en diciembre. Apenas quedaban siete meses, los justos para preparar el gran acontecimiento.

La formalización del compromiso implicaba ciertas servidumbres a las que Francisca y Raimundo habían podido dar la espalda hasta entonces: preparar una boda suponía a la fuerza la opinión de los padres y, en consecuencia, Francisca tendría que ir a La Traba y hablar con Isabel. Raimundo se lo pidió. Creía más conveniente que, una vez fijada la fecha de la boda, las cosas se hicieran por el cauce normal y como mandaban las buenas costumbres y rogó a Francisca que cediera sobre ese punto para no enfadar más a sus padres y ponerlos aún más en contra. Ella sabía que Isabel no desaprovecharía ninguna ocasión para humillarla, pero cedió por la misma razón por la que ceden todas las mujeres enamoradas.

La tarde en que fue a reunirse con Isabel, se sentía como un cordero camino del matadero. Había puesto todo su empeño en no descuidar nada de su atuendo; incluso había decidido ponerse una falda con polisón, a pesar del calor y de que fuese lo menos adecuado para montar.

Raimundo le dijo que su madre la esperaba en el jardín y en efecto, allí estaba Isabel acompañada de Maite de Arriaga. Tras los saludos preceptivos, la dueña de La Traba la invitó a tomar asiento. Sobre la mesa estaban los dos vasos de limonada que tomaban las mujeres. Francisca imaginó que la invitada las dejaría a solas, pero para su sorpresa la vasca no se movió de su asiento. ¿Cómo podía aquella mujer estar presente en los preparativos de la boda de la oponente de su hija?

Desde el principio quedó claro que Isabel no tenía interés alguno en ponérselo fácil.

—Sabrás que hago esto por mi hijo, ¿verdad? —le preguntó a bocajarro. Francisca pensó que Isabel no iba a hacer ningún esfuerzo por guardar las formas, pero decidió tener paciencia porque era lo que Raimundo le había pedido. No sabía por cuánto tiempo podría hacerlo, aunque iba a intentarlo con todas sus fuerzas. Por eso tomó aire antes de responder.

—Imagino, Isabel. Es lo natural.

—Quiero decir que no busco hacerte la vida más fácil. Simplemente, evitar el ridículo en la boda de mi único hijo.

—¿Ridículo?

—Sí. No confío en absoluto en tu criterio para decidir ni el más mínimo detalle.

—Yo sí confío en el suyo.

Francisca se sorprendió a sí misma de su paciencia, y la misma sorpresa adivinó en el gesto de Isabel. Aquella conversación iba a durar más de lo que ella había planeado.

—Como comprenderás, supervisaré la lista de invitados. Los Ulloa aportamos la mayoría de ellos y son gente de alcurnia a la que, evidentemente, hay que saber tratar.

—Me parece justificado.

—Elegiré tu vestido de novia. Con guantes, por supuesto. Hay que tapar esas manos de labradora —dijo mirando con una sonrisa cómplice a Maite, a la que la mujer respondió.

Francisca vio cómo Raimundo las observaba tras la ventana del salón y respiró hondo: tenía que hacerlo por él.

—Está bien. También en eso confío —respondió mientras giraba en el dedo su anillo de compromiso, nerviosa. Isabel sabía que a Francisca le estaba doliendo todo aquello, pero no lo demostraba lo suficiente como para contentarla, y se dejó de rodeos:

—Veamos, niña. ¿Por qué ese empeño en no permitir que mi hijo se case con quien le haría llevar una vida cómoda?

—¿Por qué no iba a llevarla conmigo, si nos queremos? —Sin darse cuenta, Francisca había abierto la veda para que Isabel contestara.

—¡Virgen Santa! ¡El amor! —dijo la mujer riendo con sorna—. El amor se acaba, y lo que queda es el respeto y el bienestar económico. Cosa que a ti no se te escapa, por supuesto.

—¿Qué insinúa? ¿Que solo busco el dinero de Raimundo? —Ahí sí empezó a perder el control.

—Claro que has tenido buena escuela… —continuó sin mirar a la joven y dirigiéndose a Maite—. ¿Sabías que su madre, hija de un capataz de esta casa, se casó con su padre porque tenía posibles?

—¡Eso no es cierto! —Francisca no esperaba que pudiera llegar a aquel nivel de bajeza, pero en su reacción Isabel encontró lo que andaba buscando: había encontrado la veta y la seguiría hasta hundirla.

—Y para asegurarse de que no se le escapaba, bien que se quedó encinta antes de la boda —contó a Maite de Arriaga—. ¿O eso tampoco es cierto? —Francisca guardó silencio, pero sabía que no podría aguantar mucho más—. Claro que recibió su justo castigo: el cólera, como una mano divina, pone a cada uno en su sitio.

Por toda respuesta, Francisca tomó el vaso de limonada de Isabel y se lo tiró por encima. La miró fijamente y solo dijo una palabra:

—¡Víbora!

Luego se fue caminando a buen paso hacia la salida. En su camino, se cruzó con Raimundo, que había visto la escena desde la ventana, pero ni siquiera entonces se detuvo.

—¡Déjame tranquila!

—¡Pero Francisca!

—¡No me sigas! ¡Déjame sola!

—¿Qué ha pasado?

—Pregúntaselo a tu madre.

Raimundo se quedó de piedra, y en lugar de insistir con Francisca, fue hacia Isabel, que intentaba limpiarse la limonada como podía con la ayuda de Maite.

—¿Qué ha pasado, mamá?

—¡Esa es la salvaje con la que te vas a casar! ¿Crees que se puede hacer esto solo porque le digo que yo elegiré su vestido de novia?

Más allá de los jardines de La Traba, Francisca siguió caminando hacia las cuadras para recuperar a Jara y huir de allí tan rápido como pudiera. Quería buscar un refugio para llorar sola, pero las lágrimas brotaron antes de tiempo. Cuando entró en el establo ya lloraba a mares y tuvo que apoyarse contra el flanco de su montura para dar rienda suelta a su llanto.

—Dicen que una mujer solo llora por dos cosas —la sorprendió una voz a su espalda—: Por dolor o por despecho. ¿Cuál de las dos es? —Francisca se giró y vio a un hombre, que le tendía un pañuelo de hilo—. ¿O son ambas?

Ella cogió el pañuelo, pero no respondió. En su cara, una mezcla de sorpresa y de susto.

—Tranquila, señorita. No voy a hacerle daño. ¿Cómo se llama? —Aquella frase trajo algo a la mente de Francisca. La había oído antes, pero no recordaba dónde.

—Francisca Montenegro —dijo girándose de nuevo para irse de allí. Intentó subir a lomos de Jara, pero aquel maldito polisón lo hacía una tarea casi imposible. Enfadada, con prisa por salir de allí y sin tener en cuenta que no estaba sola, levantó su falda por delante, desabrochó el lazo de la armadura de su vestido y se la quitó. Aquel joven rio con ganas ante la ocurrencia.

—Veo que sigue con problemas con las faldas, Francisca Montenegro.

—¿Le conozco, señor?

—Claro que me conoce. Creo que le salvé una vez la vida en Puente Viejo cuando caía desde un andamio. También por culpa de una falda. ¿Recuerda ahora? Ha cambiado usted mucho desde entonces —dijo con una sonrisa que pretendía subrayar un halago.

Era él. Aquel joven que la había recogido en su caída estaba allí, cuatro años después. En aquel momento, Raimundo entró en los establos y los vio conversando.

—Francisca... Buenas tardes, Salvador. Veo que ya ha llegado.

—Sí, don Raimundo. Ataba mi caballo e iba a ponerme a las órdenes suyas y del señor Arriaga.

—Perfecto —dijo impaciente—. Francisca, te acompaño a casa.

—¡No!

—Se está haciendo tarde. No quiero que cabalgues sola a estas horas.

—¡Te he dicho que me dejes!

—Yo iré con ella, señor. Si no tiene inconveniente —dijo Salvador Castro, consciente del estado de las cosas entre aquellas dos personas—. No estaremos ninguno tranquilo si se va usted sola, Francisca. Por favor. Déjeme que la acompañe.

Por toda respuesta, la joven bufó, montó y espoleó a Jara, que salió raudo hacia la puerta.

—Es testaruda —dijo Salvador, cómplice, a Raimundo.

Luego ensilló su caballo y salió tras ella galopando hasta ponerse a su altura. Tomó la rienda de Jara y tirando con suavidad y con la voz, obligó al animal a aminorar el paso.

—La prisa mata amigos, señorita Montenegro.

Los dos trotaron sin hablar hasta la puerta de La Casona y una vez allí, Salvador se despidió y volvió grupas. Al rato, Francisca recordó que aún conservaba en su mano un lienzo blanco con dos iniciales bordadas: «S. C.».

18

Salvador Castro contaba por aquellos días veintisiete años y era desde hacía mucho tiempo uno de los hombres de confianza de Josechu Arriaga. Puede que el de más confianza. Era un buen capataz, o al menos eso pensaba de él su patrón: duro con los trabajadores, despiadado en algunas ocasiones, nadie podía negarle la productividad a la que conducía las fundiciones en las que había estado al cargo. En aquellos hornos solamente aguantaban hombres muy jóvenes, que morían a menudo antes de cumplir los veinticinco. Como Arriaga quería que la Finca del Río comenzara a funcionar al máximo y lo antes posible, había requerido allí sus servicios.

Después de la reciente revolución, los ánimos estaban caldeados en todo el país y aunque Puente Viejo fuera lugar tranquilo, los trabajadores de Arriaga y Ulloa empezaban a dar serias muestras de insumisión; el vasco no confiaba en que Raimundo fuera capaz de controlarlos. Soplaban vientos reivindicativos de igualdad social y necesitaba allí a Salvador Castro para manejarlos. O al menos eso decía. Porque la verdadera razón de haber elegido a Castro y no a cualquier otro era más relativa a su familia y la unión de las fortunas Arriaga y Ulloa.

Además de ser hombre sin escrúpulos, Salvador poseía algunas cualidades que lo hacían especial: era atractivo, innegablemente sugestivo para las mujeres, un seductor irredento que sabía manejar a las mil maravillas sus armas tanto físicas como verbales. Y además, era ambicioso. Muy ambicioso.

Por eso, cuando Arriaga le planteó su propuesta y la razón real de venir a Puente Viejo, no lo dudó. El plan estaba claro y Salvador era una pieza clave del mismo. Visto que Amada no estaba funcionando como cuña para separar a Raimundo y Francisca, y que Ramón Ulloa carecía de autoridad para imponer el matrimonio igual que él había hecho con Amada, decidió tomar cartas en el asunto: Salvador tenía que conquistar a la joven Montenegro, o al menos seducirla para que, bien porque ella se encaprichara con él o porque despertaran los celos de Raimundo, aquella unión quedara rota y el camino para la boda con Amada, franco.

¿Y qué ganaba Salvador? Sin duda contentar a su jefe. Eso era lo mínimo. Lo máximo, lo que él quisiera. Porque si conquistaba el corazón de Francisca, nada podría impedirle que se casara con ella y accediese a la fortuna Montenegro, escasa para los Ulloa, pero bastante respetable para Salvador.

Así las cosas, no había sido casualidad que Salvador llegara a Puente Viejo justo el día en que Francisca iba a ir a La Traba. Cierto era que el destino jugó a su favor con el encuentro en los establos, pero aunque no hubiera tenido esa suerte, él habría creado la ocasión. Estaba satisfecho con su primer encuentro: parecía que aquel paso que había dado en su conquista de Francisca no había pasado inadvertido para la víctima.

A todas luces dolida por la humillación que había sufrido ante Isabel, culpaba a Raimundo por haberla obligado a hacer algo cuyo final ambos podían prever. Hasta aquel momento Francisca nunca había dudado de la voluntad de su prometido, pero estaba empezando a pensar que le faltaba empuje a la hora de luchar por lo que quería, y que, con la obsesión de hacer las cosas para ganar el favor de sus padres, se sometía en exceso a los designios de ellos. Francisca sentía que estaban perdiendo la batalla. En cambio, Salvador sí debía de ser un hombre con voluntad. Le fue fácil acompañarla aquel día de vuelta a La Casona: no pidió permiso, simplemente lo hizo, mientras Raimundo se quedaba quieto sin impedir que ella hiciera su voluntad. Eso era lo que Francisca, enfadada, pensó al ver el pañuelo de Salvador en su mano: Raimundo Ulloa hablaba, negociaba; Salvador Castro actuaba.

Lo que Francisca no sabía era a qué se enfrentó Raimundo tras el desaire de su prometida a su madre.

—Sinceramente, hijo mío, ya estoy agotado de esta situación. Y lo que ha sucedido hoy con tu madre ha sido la gota que ha colmado el vaso —empezó Ramón solemne. Había llamado a Raimundo a su despacho, con Josechu Arriaga presente.

—Estoy seguro de que hay alguna explicación, padre.

—No la hay. En mi casa se ha desairado a mi esposa y a mi invitada. Y lo ha hecho una niña malcriada con la que pretendes casarte en contra de lo que tu familia requiere para ti. ¿He resumido correctamente la situación?

—Déjame hablar con ella.

—No hay nada de que hablar. ¿Dudas de la palabra de tu madre?

—No, padre, pero no entiendo esa reacción y quiero conocer los motivos.

—Ya está bien de hablar. Desde este momento considérate comprometido con Amada Arriaga. Rompe el compromiso con Francisca Montenegro o atente a las consecuencias.

—¿Qué consecuencias? —se impacientó el joven—. ¿Me vas a desheredar? ¿Crees que me importa?

Josechu Arriaga aspiró su puro y metió baza en la conversación.

—Veamos, Raimundo. Déjame completar el correcto razonamiento de tu padre. La boda entre nuestros hijos es una cuestión de negocios. Lo que haga mi socio Ulloa con su herencia no me incumbe, pero sí con las sociedades que compartimos. Las consecuencias de tu irracional negativa no te afectarán solamente ti, sino también a Francisca.

—Ninguno de nosotros tiene por qué aceptar los acuerdos comerciales de ustedes dos, señor Arriaga.

—Aceptaréis. Vaya si aceptaréis. O verás la reputación de tu querida Francisca arrastrada por el barro. Y en un pueblo tan pequeño como este, las noticias morbosas corren como la pólvora, sin esperar a ser contrastadas. Créeme. De hecho, ya han empezado, como podrás ver.

Josechu Arriaga le tendió el periódico del día, *El Heraldo de la Puebla,* abierto por la página de sociedad. Una pequeña columna anunciaba el compromiso entre don Raimundo Ulloa y la señorita Amada Arriaga. No solo era pólvora, la mecha ya estaba encendida y la había prendido dos días antes el propio Josechu Arriaga, tan pronto como ordenó venir a Salvador Castro a Puente Viejo, pues prefería hacer las cosas a su manera.

Aquel periódico también había llegado a La Casona, y estaba en la mano de Enrique cuando la joven entró en casa.

—Francisca Montenegro —la llamó cuando la oyó entrar.

Francisca sabía que nombre y apellido juntos no presagiaban nada bueno, y cuando su padre le tendió el periódico, los cimientos de todo su mundo —esos que habían comenzado a tambalearse aquella misma tarde— se derrumbaron por completo.

—No sé qué es este juego, Francisca. Pero te aseguro que se ha terminado. —Enrique estaba muy serio, como hacía tiempo que no le veía—. ¿Te das cuenta de lo que significa esto para tu reputación?, ¿para la de nuestra familia?

Ella callaba. Su padre tenía razón sobre las consecuencias que supondría aquel anuncio, aunque fuera falso.

—Es mentira, padre —dijo sin fuerzas.

—Aunque sea mentira, el daño ya está hecho. Tu nombre estará en todas las bocas de Puente Viejo a La Puebla. Y ninguna palabra bonita le acompañará, te lo aseguro. Eres la mujer abandonada, Francisca.

—¿Qué me importa lo que piensen? Me importa lo que piense Raimundo y lo que pienses tú.

—Lo que piensa Raimundo lo dice este periódico, hija mía —levantó la voz Enrique, y respiró hondo, antes de seguir hablando—: Y lo que yo pienso es que debes alejarte de un hombre que no ha sido capaz de salvaguardar la honra de su prometida. Dejarás de ver a Raimundo Ulloa. Se acabó esta historia.

—Eso nunca, padre.

—No es una opción. Es una orden, ¿oyes?

—La desobedeceré —dijo retadora.

—¡Atrévete! Te irás a casa de tus tíos en Ávila. Si no es por las buenas, será por las malas.

Con un gesto Enrique frenó la réplica de su hija; no quería seguir aquella discusión.

Aquella tarde Francisca hizo lo que hacía siempre que un dolor lacerante la hería: huyó al campo, igual que huyó con la muerte de Miguel. Corrió en busca de cobijo en el nogal mientras unas negras nubes se abigarraban en el cielo anunciando una fuerte tormenta. Cuando llegó cerca de su meta, una presencia le extrañó: bajo sus ramas estaba sentado Raimundo. Tampoco a él le había importado la inminente tormenta, quizá porque en su corazón había otras nubes aún más negras. Sabía que no podía ir a La Casona porque aquel periódico habría llegado allí igual que lo hizo a La Traba, y fue al nogal esperando que, por alguna magia, Francisca también apareciera. Y así fue.

Cuando la vio acercarse, el gesto triste de su cara mudó

en una sonrisa. De nuevo se abrazaron y aquella tormenta que los cubría estalló en su primer rayo.

—Tenemos que hablar, amor mío —le dijo, temiendo la reacción de su novia, a pesar del abrazo—. Supongo que has visto la noticia de *El Heraldo.*

—Sí, la he visto, pero no la he creído.

Raimundo respiró más tranquilo.

—Tenemos que tomar una decisión, Francisca.

Un nuevo rayo cruzó el cielo como un látigo y una fuerte racha de viento y lluvia combó las ramas del nogal. La pareja pensó que era mejor buscar un refugio para mantener aquella conversación, de modo que cabalgaron y se internaron en la finca bajo una lluvia que en pocos minutos se había vuelto desalmada. Encontraron uno de los chozos de pastor de la zona y entraron: era un espacio modesto, con solo un par de taburetes de ruda madera frente a un improvisado hogar en el suelo y un jergón de paja en un lado, pero resultaba el mejor refugio contra una tormenta primaveral que ya caía con toda la rabia imaginable.

—Escúchame —dijo Raimundo, mientras Francisca se sentaba en el jergón y él se acomodaba a su lado—. Todo es una mentira. Es un manejo de mi padre y de Arriaga.

—Lo sé. Pero tenemos al mundo en contra, Rai. Nadie quiere que estemos juntos.

—Solo nos queda una salida: huir. Fugarnos. Irnos de este pueblo y de sus odios.

—¿Por qué no nos dejan ser felices? —preguntaba casi como una niña.

—Porque para ellos el amor no es importante. Tienen otros intereses... Escúchame bien —dijo tomando su barbilla con una mano y mirándola a los ojos—: Te prometo que jamás me casaré con Amada, aunque tenga que ocultarme en el último rincón de la tierra. Jamás te dejaré. No me importa la forma, ni el lugar. Pero la cara que quiero ver cuando dé mi último suspiro es la tuya. Así será mi muerte. Contigo a mi lado, Francisca Montenegro.

Las lágrimas brotaban de los ojos de Francisca. Le creía. Sabía que haría cualquier cosa para que estuvieran juntos. *Sí* actuaba. *Sí* hacía. Y una sombra de vergüenza pasó por su cabeza al recordar que había osado compararle con Salvador. Le besó con fuerza. Como nunca lo había hecho. Aquel beso tenía la entrega absoluta del arrepentimiento y de una mujer que ponía su vida entera en las manos del hombre al que amaba, al que siempre había amado y junto al que quería pasar el resto de su existencia. Y aquel beso se prolongó, como si temiera ser el último. Y Raimundo respondió. Y todas las barreras que imponían las buenas costumbres y la tradición comenzaron a desmoronarse una a una, dejando que se filtrase entre ambos esa luz que sabían que existía y que no les habían dejado ver.

Fue Raimundo quien se detuvo, cuando ya la ropa de ambos vestía más el suelo que sus propios cuerpos.

—No quiero que sea así, Francisca. No quiero que sea en este lugar. No con este olor —dijo con ternura.

Por toda respuesta, ella se apoyó en su pecho y se quedó quieta. Y abrazados esperaron a que las gotas dejaran de golpear con tanta fuerza contra el tejado de paja de aquel chozo de pastor. Allí Francisca se sintió de nuevo rodeada de libélulas azules, protegida por un muro invisible.

Por desgracia, bastó un chasquido seco y ese muro se vino abajo.

El aire del chozo cambió cuando se abrió la puerta y la silueta de Enrique Montenegro se dibujó en el umbral, escopeta en mano. Lo que veía allí dentro no dejaba lugar a dudas.

—¡Insensatos! —Ni Raimundo ni Francisca supieron qué decir, no podían balbucear ninguna excusa—. ¡Vístete, desvergonzada! —gritaba mientras tiraba de la mano de su hija y la levantaba de aquel jergón donde dos minutos antes había sido la mujer más feliz de la tierra.

—¡Enrique, no es lo que piensa...! —balbuceaba Raimundo.

—¡Tú te callas! No tienes ni idea de cómo proteger a una

mujer. Has manchado y dejado que manchen el honor de mi hija. Eres igual de botarate que tu padre, Raimundo Ulloa. —Y tirando de Francisca, la sacó del chozo a la lluvia que seguía cayendo—. ¡Monta! —ordenó a su hija, que no se atrevía a rechistar. Raimundo había salido a la puerta del chozo y al verlo, le apuntó con el fusil—. ¡Ni te muevas, Ulloa!

Luego tomó con fuerza las riendas del caballo de su hija y sin soltarla, se dirigieron a La Casona.

Francisca miraba hacia atrás y veía cómo aumentaba la distancia entre Raimundo y ella. Aquello ya lo habían vivido, de pequeños, cuando Isabel no dejó que Raimundo fuera con ellos a La Puebla a comprar maestros. Era la misma sensación de desgarro. La vida tenía una forma amarga de hacer las cosas.

Al día siguiente, Enrique fue a los campos solo. Se levantó antes de tiempo y no esperó a Francisca. Aun así, ella le siguió.

—Vuelve a casa —le dijo.

—Padre, por favor. Escúchame. No pasó nada —decía suplicante.

—¡No!

Aquellas fueron todas las palabras que intercambiaron a

lo largo del día. Francisca intentaba convencer a su padre para que mudara su actitud, pero lo único que encontraban sus palabras era un muro de silencio, y agotada, dejó de intentarlo. Cuando volvieron a casa, Francisca vio que su padre estaba dispuesto a cumplir su amenaza de la tarde previa: la tata tenía preparado el equipaje, dos grandes baúles esperaban en su habitación. Leonor cerraba uno de ellos. Al lado, una pequeña bolsa de viaje.

—No sé si hago bien haciendo esto. Esta vez no estoy segura —dijo tendiéndole una nota a Francisca.

De nuevo la escritura de Raimundo llegaba a ella por medio de las manos de Catalina y de Leonor.

Querida Francisca:

Estamos atrapados. Solo nos queda una opción: huir a tierras de Cornualles. Espérame esta noche en el nogal, a las doce. Trae poco equipaje.

Tuyo por siempre,

Raimundo

Sabía que él encontraría la manera. Si ayer tenía alguna duda sobre si huir o no, hoy tenía la certeza de que era la única salida.

—Sí has hecho bien, tata —dijo al tiempo que la abrazaba.

—Ahí te preparé una bolsa, chiquilla —contestó Leonor con voz triste.

—¿Cómo sabías?

—Sabía, hija. Sabía. Por todo el pueblo corre el rumor. Creo que es la única salida que os queda. Aunque no sé si es la mejor.

—Tú lo has dicho, tata. Es la única.

Durante la cena, Francisca y Enrique no se hablaron, pero al irse a dormir, ella se acercó a su padre y le besó en la mejilla. Él no respondió. Seguía muy enfadado y algo se le partió a Francisca dentro al comprender que aquella noche se iría y ese amargor quedaría entre su padre y ella. Él no sabía que quizá no volvería a verla, pero ella sí, y eso la destrozaba. «Ya no hay vuelta atrás», se repitió. Subió a su habitación y esperó a que toda la casa estuviera en calma. Luego metió una última cosa en la bolsa, la libélula que le regaló Raimundo, y arrojó el fardo por la ventana para poder disimular si alguien la sorprendía en su huida. Todo estaba calculado. Salió por la puerta de la cocina para hacer menos ruido, recogió su bolsa y desató a Jara, aunque no cabalgó hasta estar alejada de La Casona. Al llegar al repecho, se giró y echó un último vistazo triste hacia la casa de su infancia, antes de volver grupas para abrazar su destino.

Era una noche clara y Jara podía cabalgar rápido para llevarla con Raimundo. Bajo la luna vio la valla de la finca y un poco más allá, el nogal se alzaba enorme. Raimundo no había llegado aún, pero ella sabía que lo haría. Miraba en derredor en su busca cuando oyó un silbido y al instante sintió un dolor ardiente en el pecho, cerca de su hombro, tan fuerte que la dobló. Se llevó la mano y la notó húmeda. Le bastó un segundo para distinguir qué era aquello. ¡Sangre! Entonces lo oyó o creyó oírlo en la nebulosa que ocupaba su cabeza: sonó un segundo disparo y Jara perdió el equilibrio y cayó al suelo arrastrándola y dejando su pierna atrapada bajo su peso. Intentó liberarse, pero sus fuerzas desaparecieron rápido, y con ellas, dejó de ver la claridad de aquella noche.

19

A altas horas de la madrugada, unos fuertes golpes despertaron a La Casona. Enrique acudió a abrir, con su escopeta en la mano: nada bueno podía venir a aquellas horas y con ese ruido. Abrió la puerta y al principio no entendió nada de la imagen que contempló. Salvador Castro estaba ante el umbral con su hija Francisca, desmayada, en sus brazos y con su blusa manchada de sangre.

—Atiéndanla, señor Montenegro. Iré a buscar al doctor. Creo que ha recibido un balazo en el hombro.

El doctor Salinas acudió presto. Advirtió que habría sido mucho mejor llevarla a su consultorio para extraer aquella bala, pero Francisca había perdido mucha sangre y no confiaba en que pudiera aguantar ni el corto viaje hasta Puente Viejo. Echó a todo el mundo de la habitación y se puso manos a la obra. Mientras, Salvador contó que la había encontrado a los pies del muro de la Finca del Río, cuando volvía de La Puebla de madrugada. A Enrique le extrañó tanta casualidad y quiso saber más, porque en realidad sospechaba de los Ulloa y de cualquiera que tuviese relación con ellos.

—Un caballero no puede desvelar de dónde viene a según qué horas, Enrique. Sobre todo cuando hay una dama de por medio. Sé que usted me entiende.

—Sí, claro. Discúlpeme —cedió con la mente volcada en su hija.

—No se preocupe. Entiendo que esté usted alterado. Yo también lo estaría, sin duda —le tranquilizó—. Pero dé gracias a que volvía de hacer esas cosas que no puedo revelarle.

—Le agradezco lo que ha hecho por nosotros.

—Francisca es fuerte. Estoy seguro de que se recuperará. Espero haberla encontrado a tiempo. No me perdonaría haberme retrasado y que por ese motivo… —Hizo una pausa dramática, bien estudiada.

—Por Dios, Salvador, no se culpe. Todo lo contrario.

—Estos caminos están cada vez peor, señor Montenegro. Y a esas horas no son aconsejables para una dama.

El doctor Salinas bajó al salón tras terminar su operación a Francisca.

—Parece que ha ido bien, Enrique —dijo nada más entrar, con una leve sonrisa—. Ha perdido mucha sangre y sigue inconsciente, pero confiemos en su fortaleza. Los próximos días serán cruciales.

—Eso son buenas noticias. Si me disculpan, entonces, ya me marcho —dijo Salvador. Ya en el umbral, dio voz a lo que desde el principio había estado pensando—: Me gustaría venir de vez en cuando a ver cómo sigue la recuperación de su hija, Enrique. Si usted me lo permite, claro está.

—Por supuesto —dijo amable—. Venga cuando guste. Esta es su casa, disponga de ella. Nunca podré agradecerle bastante lo que ha hecho por nosotros.

—Quiero que sepa que no pararé hasta encontrar al culpable de este ataque —dijo aparentemente indignado—. Y pagará por esto. Déjelo de mi mano. No confiemos en la justicia en estos tiempos. Esto ha de ser ojo por ojo.

Francisca estuvo inconsciente cuatro días más. Y cada uno de ellos, Salvador pasaba para recabar nuevas tanto por la mañana al ir a la Finca del Río como por la tarde al volver al pueblo. El que no apareció, extrañamente, fue Raimundo.

La noche en que dispararon a Francisca, Raimundo llegó tarde a su cita y ella ya no estaba allí. Aun así, esperó: se dijo que quizá no había encontrado el momento para salir y pasar desapercibida. De hecho, eso mismo le había pasado a él. Su padre y Arriaga charlaron hasta tarde, fumando puros y tomando brandy, así que su salida se vio retrasada. Esperó una hora y otra y alguna más. Se apoyó contra aquel tronco que tantas veces le había cobijado y se durmió. No supo cuánto tiempo podía haber pasado, pero el alba empezaba a despuntar por el Este y no había señal de Francisca: no había podido escapar, sin duda.

Pensó que lo más práctico sería volver a casa antes de que todos despertaran, para no levantar sospechas, y aguardar a mejor ocasión, porque estaba seguro de que la habría. Pero aquella ocasión iba a tardar.

Todo cambió cuando al día siguiente oyó el rumor: habían disparado a Francisca Montenegro. Esa mañana las puertas correderas del despacho de Ramón se abrieron bruscamente.

—¿Qué has hecho? —El joven Ulloa entró como una fiera en el despacho de su padre y lo levantó de la silla tomándole por la pechera. Josechu Arriaga, que lo acompañaba, se levantó a separarlos.

—Pero ¿qué es esto? ¿Un hijo agrediendo a su padre?

—¿Qué habéis hecho los dos? —clamaba Raimundo mientras intentaba zafarse de la presa de Arriaga.

—¿Se puede saber de qué hablas? —preguntó Ramón.

—¿Que de qué hablo? ¿Cómo se puede ser tan cínico? Has ordenado matar a Francisca. De eso hablo.

Arriaga cerró su presión ante un nuevo intento de Raimundo de ir contra su padre.

—¿«Ordenado matar»? ¿Te das cuenta de lo que estás diciendo? —Miró interrogante a Josechu.

—Raimundo, tente. Eso es mentira —dijo Arriaga sin liberar su presa—. Vamos a calmarnos todos. Tu padre no ha mandado matar a nadie.

—¡Suéltame!

Arriaga relajó su presión y dejó ir a Raimundo.

—¿Ya te has calmado? —dijo.

—Sí —mintió el otro entre jadeos.

—Quiero que me escuches atentamente: nadie ha ordenado *matar* a Francisca, ¿me has entendido bien? —Raimundo asintió—. Lo que se ha ordenado ha sido advertirla. Y lo he ordenado yo.

—¿Cómo? —El joven no daba crédito a lo que estaba escuchando.

—Si hubiera querido matarla, estaría muerta, no lo dudes.

Raimundo no podía ni siquiera hablar. ¿Qué era todo aquello? ¿Una novela por entregas? Aquello no podía estar pasando. Miró a su padre, que también permanecía callado y expectante.

—Es muy fácil, chico —prosiguió Arriaga con una calma increíble—. Me he cansado de dar oportunidades. —Miró a Ramón de frente y luego cambió su mirada a

Raimundo—. Nadie se ríe de Josechu Arriaga, ¿me oyes? Esto es solo una muestra de lo que le puede pasar a esa muchacha si no te avienes a razones.

Raimundo iba tomando conciencia de quién era aquel personaje, pero no quiso arredrarse.

—El mundo es muy grande, Arriaga. Será difícil que nos encuentre.

—¿Eso crees? ¿Cómo he sabido entonces que pensabais huir anoche? ¿Cómo sabía dónde iba a estar? ¿Crees que no os encontraré en el último rincón del mundo?

Raimundo sospechó que aquello era cierto. Buscó a su padre, pero se dio cuenta de que aunque él no hubiera actuado, con su silencio consentía. Temía tanto a Arriaga que no se atrevería a hacer nada en su contra, y aquel ser abyecto no pararía hasta conseguir lo que quería. El joven supo que a Arriaga no le temblaría la voz a la hora de dar orden de matar a Francisca, y sintió cómo el miedo se clavaba en sus entrañas, seguido de un ansia por protegerla. Para salvar su vida solamente le quedaba una salida: obedecer, casarse con Amada. Supo que partirle el corazón a la mujer a la que realmente amaba era la única forma de salvar su vida. Y se rindió.

20

La noche iba cayendo y la tata encendió las velas en la habitación de Francisca. En aquellos días se había preguntado muchas veces cómo podía haberse equivocado tanto: Raimundo no había aparecido, ni tampoco había intentado saber de Francisca por el medio habitual de Catalina. Lo que ella pensaba que era un amor capaz de sobreponerse a todas las dificultades había quedado en agua de borrajas. Inmersa en estos pensamientos andaba cuando oyó una voz débil a su espalda.

—¿Tata? —Francisca había creído distinguirla en la suave luz con que las velas iban bañando la habitación.

—¡Niña! —Salió a la puerta y llamó a Enrique—. ¡Señor! ¡Señor! La niña. Ha despertado. —Volvió junto a Francisca, tomó su mano y acarició su cabello—. ¡Mi niña! ¡Mi niña! —decía como dando salida a todo el miedo vivido en los últimos cuatro días.

Enrique entraba en aquel momento en la habitación, seguido de Eduvigis. Abrazó a su hija pequeña larga y suavemente y le dio aquel beso que le había negado días antes.

—¿Qué ha pasado? —Intentó incorporarse, pero un dolor lacerante en el hombro se lo impidió.

—Voy a prepararte algo de comer —dijo la tata antes de salir casi a la carrera de la habitación. Sabía que sobraba allí, como también sobraba Eduvigis—. Edu, acompáñame.

Enrique le contó a su hija lo que sabía, y tras todo aquel relato, ella solo tenía una obsesión.

—¿Y Raimundo?

¿Cómo decirle a su hija la verdad? ¿Cómo contarle, sin herirla, que aquel que creía el amor de su vida no había tenido redaños para pasar siquiera a verla en todos sus días de inconsciencia?

—Raimundo no ha venido, Chiqui.

—¿Le han herido también? —preguntó inocente, buscando alguna explicación lógica a aquella ausencia.

—No, no. Está bien.

En aquel momento llamaron suavemente en la puerta y tras el «adelante» de Montenegro, apareció Salvador Castro.

—Buenas tardes, don Enrique. ¿Da usted su permiso para ver a la herida? —preguntó educado y encantador.

—Adelante, Salvador. ¡Qué nombre tan bien puesto, a fe mía! Hija, él te trajo a casa y te salvó la vida.

—Un día le prometí a Francisca que andaría cerca cuando cayera, ¿recuerda? Y Salvador Castro siempre cumple su palabra —dijo simpático—. ¿Cómo está la enferma?

—Mejor. Gracias —respondió ella.

—Disculpe que pase tan tarde por aquí, don Enrique. Ciertas obligaciones me han retrasado, pero no quería dejar de pasar a interesarme por Francisca.

—Ha venido a verte todos los días, hija. Mañana y tarde. No se preocupe. ¡Benditas obligaciones que le llevaron a encontrar a Francisca!

Salvador sonrió socarrón.

—No eran de esas... —dijo—. Fui a acompañar a don Raimundo y a su prometida a La Puebla. Parten de viaje con los padres de ella y doña Isabel.

Al oír su voz, cualquiera habría pensado que Salvador daba aquella información con la inocencia de quien no mide su calado en quien la escucha, amparado por la ignorancia del recién llegado al lugar, que desconoce sus entresijos sentimentales.

Tras escuchar sus palabras, Enrique miró a su hija: si Francisca había recuperado un poco de color, ahora había desaparecido; hasta sus labios estaban blancos. Francisca giró su cabeza y su rostro se sumió en una profunda tristeza. Salvador apreció claramente el efecto de su anuncio.

—¿He dicho algo inconveniente, don Enrique?

—No se culpe, Salvador. Es una larga historia que le contaré con calma.

—¡Dios mío! ¡Qué torpe soy! Francisca, no pretendía herirla. No sé qué he dicho, pero le ruego acepte mis más humildes disculpas.

En ese momento Leonor entró con una bandeja en la que traía un gran tazón de sopa humeante.

—¡Qué bien huele ese caldo! —dijo Salvador para romper el tenso silencio que había quedado suspendido en la habitación.

—Quédese a cenar y lo probará. No admito un no por respuesta —dijo Enrique—. Dejemos que esta jovencita empiece a reponer sus fuerzas.

—Será un placer acompañarle —accedió mientras salían de la habitación—. Me alegro mucho de su recuperación, Francisca. Acepte de nuevo mis disculpas, por favor.

—Gracias —contestó con sombría y tenue voz.

—Ahora mi niña va a comer y a ponerse fuerte de nuevo —dijo la tata tomando una cucharada de sopa, una vez que los dos hombres se hubieron marchado.

—No tengo hambre. Tengo un nudo en el estómago.

—¿Qué ha pasado? ¿Por qué se disculpaba Salvador?

—Se va de viaje con ella, tata. Raimundo se va con... —No pudo acabar la frase. Las lágrimas se lo impidieron. Leonor dejó la bandeja a un lado y la abrazó.

—Llora, mi niña. Llora. Es bueno. Las lágrimas arrastrarán las penas.

Aquel fue el primero de muchos días de llanto. Francisca intentaba entender por qué Raimundo no había ido a verla cuando aún estaba en Puente Viejo. Tampoco entendía que no hubiera llegado ninguna nota a través de Catalina y se preguntó si Eduvigis habría vuelto a ocultar alguna carta. Se culpó pensando que era culpa suya, que al no encontrarla en el nogal aquella noche, Raimundo habría pensado que no había acudido y estaría decepcionado. Se puso en su lugar, intentó saber cómo podía sentirse... También pensó en el disparo, lo relacionó con todo aquello: ¿a ella la disparaban y él huía? ¿Tenía miedo de que aquel disparo fuese intencionado, que no se tratara de ladrones (como le habían dicho a ella), sino de asesinos que buscaban hacerles daño a ambos? Pero entonces, ¿cómo es posible que la dejase sola, que huyera sin ella? ¿Le daba miedo que los atacasen? ¿Tan cobarde era? ¿De verdad le habían convencido sus padres de que su vida sería más tranquila, más feliz junto a Amada Arriaga?

Su cabeza daba mil y una vueltas elucubrando, avalaba y descartaba cada hipótesis una y mil veces, y es que si hay algo mucho más amargo que sentirse abandonada, ese algo es la incertidumbre. La incertidumbre deja lugar a una esperanza cruel. Y Francisca se ponía plazos para seguir dando oportunidades a Raimundo. Su cabeza inventaba pretextos porque pensar siquiera en la posibilidad de tener que olvidar a Raimundo le causaba un dolor tan lacerante que casi la llevaba a la náusea.

Salvador siguió acudiendo a verla. Se quedaba poco, siempre acompañados por la tata o por Enrique, y jamás volvió a hablar de los Ulloa. Y Francisca fue detectando un cambio en sus miradas. Cada vez buscaban más la suya y la mantenían durante más tiempo, incluso aunque hubiera alguien presente. En pocos días, aquel hombre había entrado en la familia y era habitual que se quedara a cenar con ellos y a charlar con Enrique Montenegro, para el que pronto y sorprendentemente llegó casi a convertirse en el sustituto del hijo ausente.

Y aquella familiaridad creciente terminó de soldar a la perfección el día que Salvador apareció en La Casona con las pocas cosas que Francisca acarreaba el día de su huida. Entre ellas se encontraba una libélula azul, una joya valiosa que dijo haber encontrado entre las pertenencias de uno de los leñadores que devastaban las laderas de La Brava.

—Puede quedar tranquilo —le dijo a Enrique—. Ese desalmado ha recibido su merecido.

Para Enrique, Salvador era, definitivamente, un hombre de palabra. Solo la tata desconfiaba de aquella repentina familiaridad, y de la facilidad con que se había resuelto el asalto a Francisca, pero como se había equivocado con Raimundo, pensó que también podía equivocarse con Salvador. Y calló. Y observó en silencio.

Por fin Francisca fue comiendo y recuperando fuerzas. Echaba de menos cabalgar, pero ya no tenía a Jara, así que un día Enrique autorizó a Salvador para que la acompañara en un paseo por el campo. Había un silencio tenso, mientras caminaban solos. Cuando se hubieron alejado, Salvador le ofreció su brazo.

—Aún está débil, Francisca. Permítame que la ayude.

Era cierto que sus piernas no la mantenían con la fuerza a la que estaba habituada y el brazo en cabestrillo le daba todavía más inseguridad, como persona poco acostumbrada a las ataduras y a los límites que era. Aun así, en principio se negó a tomar el brazo del hombre, pero se cansaba y unos minutos después, por sí misma, pasó su brazo izquierdo por el de Salvador, que puso su mano sobre la de ella sin decir nada. Así Francisca se sintió segura y se relajó. Salvador lo detectó rápidamente y propuso que se sentaran en una roca cercana.

—Francisca, hay una cosa que llevo queriendo decirle desde hace días y creo que usted intuye.

—No quiero saber nada de los Ulloa, Salvador —dijo temiendo alguna revelación que la hiriera de nuevo.

—No es sobre los Ulloa. Es sobre usted y sobre mí.

Francisca hizo un leve gesto interrogante.

—¿Qué quiere decir?

—Sé que no es usted ajena a los sentimientos que se han despertado en mí desde que he llegado a Puente Viejo.

—No le entiendo, Salvador.

—Es muy sencillo: tengo la absoluta certeza de que me he enamorado de usted.

—Pero eso es imposible... Es muy poco tiempo —replicó sorprendida, aunque sabía que aquel argumento no tenía peso alguno.

—El tiempo no importa, Francisca. Puede que usted no crea en el destino, pero yo sí. ¿No se ha preguntado por qué he aparecido en ciertos momentos de su vida? ¿No ha sido así?

—En algunos, sí.

—Comprendo cómo se encuentra en este momento. Sé que su corazón aún pertenece a otro —dijo tomando las manos de ella, que asintió triste y sin añadir palabra—. Solo le ruego que me deje quererla... Y que se dé una oportunidad de quererme.

—Eso no es posible —protestó.

—Lo será. Sé que puede serlo. Con el tiempo. Y yo esperaré lo que sea necesario.

—No lo entiende, Salvador. Yo no puedo arrancarme a Raimundo Ulloa del corazón de un día para otro. Mejor dicho, no quiero hacerlo.

—Lo sé —dijo tierno—, pero déjeme decirle que se equivoca. Debería empezar a olvidarle y abrir su alma a alguien que la hará feliz.

Ella negaba con la cabeza: no quería escuchar sus palabras. Salvador apretó sus manos con fuerza.

—Escúcheme, Francisca. Se dará cuenta de la verdad de Raimundo y entonces yo estaré esperando. Vendrá a buscarme. No lo dude.

—¿Me está retando?

—No, le estoy diciendo una verdad tan grande como el mundo: usted sabe que la he amado desde que nos reencontramos; y yo sé que en ese muro que usted levanta en su corazón para no dejarme entrar pronto habrá una grieta. Y cuando todo se derrumbe, la recogeré, como siempre he hecho.

Francisca fue a hablar, pero él puso su dedo delante de su boca.

—No hablemos más. Dejémoslo al tiempo.

Mantuvo sus dedos en los labios de Francisca, mientras se le acercaba muy despacio. Ella no se movió y él la besó con suavidad. Aquello duró apenas unos segundos, pero se levantó avergonzada y salió huyendo. No solo estaba asustada por el beso, sino por lo que había sentido.

Salvador la dejó ir. El anzuelo ya estaba echado, solo tenía que esperar.

De un modo u otro, sabía que ella acabaría picando.

21

Arriaga era escrupulosamente preciso cuando se trataba de hacer daño y no le gustaba dejar heridos a sus enemigos: un enemigo herido podía revolverse y contraatacar. Josechu Arriaga mataba. Esa era su regla. Y sabía de sobra que el amor de Raimundo por Francisca requería un tratamiento largo y casi quirúrgico.

Con Raimundo vencido, el camino estaba despejado para la boda con Amada, pero como ni los Arriaga ni los Ulloa confiaban en lo que podía pasar teniendo a Francisca cerca, por eso decidieron preparar un viaje para alejar a los amantes. Así, con Arriaga orquestándolo, el viaje era ya un golpe y el más fuerte sería el destino: Cornualles. Claro que Raimundo cumpliría su sueño, pero con su hija. Y por supuesto, tenía un medio perfecto para que aquella noticia llegara a oídos de Francisca a su debido tiempo.

Las dos familias pasaron unos días en su caserío de Vizcaya, para que Amada reposara de un viaje que había sido una tortura tanto para ella como para los que la acompañaban. Se mareaba, vomitaba, el calor de aquel inicio de verano la dejaba casi sin respiración y había que parar cada poco para que se recuperase. Raimundo miraba a aquella mujer débil y se decía que si en algún momento pudo sentir algún tipo de compasión por ella, esta se iba quedando atrás en cada curva del camino. La vida que le esperaba sería una pesadilla, y no podía evitar compararla con Francisca: aquella era indómita y estaba viva; esta respiraba, pero respirar no significaba exactamente estar vivo.

Aun así, gracias al contacto Raimundo también se dio cuenta de algunas otras facetas de Amada. Y ahora se arrepentía de no haber hablado más veces con ella. «Aunque en realidad —pensaba—, habría dado exactamente lo mismo.» Si había tomado a la joven por una ávida lectora, ahora vio que no lo era. O mejor dicho, sí lo era, aunque de un solo libro: *La dama de las camelias* era su única lectura. Obsesiva. No es que fuese una lectura poco recomendada —de hecho, Raimundo había leído a Dumas—, pero resultaba preocupante que leyera solamente la historia de una cortesana tuberculosa. Además, Ulloa se dio cuenta de que aquellos silencios que él tomaba por una rica vida interior no eran sino ausencia de ideas. Si la leyenda decía que la tisis podía derivar en episodios de creatividad extrema, como en el caso de algunos autores, en Amada aquella leyenda no se cumplía: era barro en manos de su padre y de su madre. Muy bonita, eso sí, pero sin forma propia, del todo moldeable.

Los días en Vizcaya transcurrían monótonos y aburridos, como muestra de lo que le esperaba a Raimundo en su negro futuro. Por fortuna durarían poco: pronto partirían hacia Cornualles y cabía la posibilidad de que en aquel viaje él pudiera despegarse un poco del grupo que le acompañaba.

En cuanto embarcaron vio que el viaje hacia Inglaterra iba a ser un fiel reflejo del que hicieron desde Puente Viejo hasta Vizcaya: la indisposición de Amada era constante, de modo que la mayor parte de su tiempo lo pasaba en el camarote y con ella, su madre Maite de Arriaga e Isabel, que las acompañaba por un extraño sentido de la solidaridad. Así las cosas, Raimundo se vio obligado a sufrir la compañía de Josechu Arriaga, del que intentaba zafarse siempre que podía. Aquel hombre intentaba ahora convencerle de que se había hecho lo mejor para todos, cosa ante la que Raimundo no transigía. Le pintaba un futuro de riquezas y de éxito en los negocios, rodeado de niños y feliz. Puede que hubiera negocios, riqueza, éxito…, pero dudaba de que hubiera niños y desde luego sabía que no podía ser feliz sin Francisca.

Casi habían llegado ya al final de su viaje, habían dejado hacía tiempo a su derecha los blancos acantilados de Dover. Aquellas caídas de roca caliza eran la primera tierra que se veía de Inglaterra cuando se viajaba desde el continente: para los ingleses eran su bastión, su muralla de protección frente a posibles invasiones, y si ya había sentido una pena profunda al ver por vez primera el mar sin Francisca, ahora, tan cerca de Inglaterra, aquella tristeza se hacía infinita. Era perverso haber elegido aquel destino, pero ya no esperaba nada bueno de Josechu Arriaga. Sabía que, como hacía su futura esposa, también él tenía que acatar sus órdenes. Ella por miedo y él porque aquel hombre tenía un rehén muy valioso para Raimundo.

Aquella noche Amada estaba extrañamente despejada y salió de su camarote y fue a buscar a Raimundo, que leía en cubierta.

—Parece que hoy te encuentras mejor —le dijo él al verla.

—Sí. Afortunadamente. No sé por qué mi padre ha elegido este viaje; sabía que iba a ser muy duro para mí.

—Sí. No deberíamos haberlo hecho.

—Ya sabes cómo es…

—Sí, tengo una ligera idea —dijo Raimundo lacónico.

La noche había caído y en cubierta empezaba a hacer frío. Raimundo quería llegar a las costas de Cornualles acompañado solamente por la memoria de Francisca, pero Amada permanecía a su lado, en silencio.

—¿No deberías bajar al camarote? Comienza a refrescar —dijo solícito; necesitaba quedarse solo con sus recuerdos y sus remordimientos.

—Me encuentro bien, de verdad. Prefiero quedarme aquí contigo.

Llegaban a las islas Scilly, justo enfrente de los acantilados de Land's End, pero Raimundo solo pudo verlas en la sombra e intuir los acantilados por la hoguera que brillaba como faro en lo alto.

—¿Sabes, Amada? —dijo en un intento de hacer aquellos momentos más agradables—, aquellas son las islas Sorlingas. Cuenta la leyenda que allí, entre ellas y los acantilados del Fin de la Tierra, se encuentra la tierra de Lyonesse.

—¿Lyonesse?

—Es la tierra de Tristán, de la leyenda de Tristán e Isolda.

Amada lo miraba con cara de no entender nada, y sin ningún interés, así que Raimundo calló y siguieron en silencio por un momento. El mar estaba bravío, como casi siempre por aquellas costas y el barco avanzaba lentamente poniendo su proa a la hoguera prendida a modo de faro: sobre los acantilados de Land's End, indicaba el camino correcto entre los arrecifes que proliferaban como cuchillos en aquella costa agreste.

De repente, una brusca sacudida estuvo a punto de desequilibrar a Raimundo. Le siguió un crujido seco y se dio cuenta de que el barco se había parado. Al momento empezó a oír a su espalda el griterío de la multitud.

—¡Hemos embarrancado! —dijo a Amada—. ¡Corre a un bote! ¡Voy a buscar a tus padres y a mi madre!

—¡No me dejes sola, por favor!

—¡Sube a un bote! ¡Haz lo que dicen los tripulantes! —gritó señalando con un gesto a los marineros, que daban instrucciones a los pasajeros.

—¡Hablan inglés! ¡No entiendo nada!

—¡Yo tampoco! ¡Pero no es tan complicado, rediez! —Definitivamente, aquella mujer le sacaba de quicio.

De repente, un nuevo golpe de mar sacudió el barco y varios de los pasajeros que, aterrados, se habían acercado a la borda perdieron el equilibrio y se vieron arrastrados al mar. Amada fue uno de ellos.

Raimundo no lo dudó y saltó a rescatarla a un agua tan fría que cortaba la respiración. Comenzó a nadar rápido para que sus músculos no se atenazaran y no sintieran las agujas de aquel gélido mar. Llamaba a Amada, pero ella no respondía. Su grito se mezclaba en vano con el de otras personas que buscaban a los suyos. Ulloa siguió nadando y gritando el nombre de Amada mientras cambiaba su rumbo entre las olas, hasta que poco a poco dejó de sentir nada salvo el cansancio de sus brazos y la sal en los ojos y los labios: el frío había conseguido por fin atenazar sus músculos y notaba que no podría aguantar mucho más. Si él apenas podía aguantarlo, dudaba que Amada lo hubiera logrado.

Cuando vio que un bote pasaba cerca de él, llamó con el poco aliento que le permitía la presión de aquel mar helado en sus pulmones.

—*Get on the boat, sir!*—No sabía lo que decía aquel fuerte acento de Cornualles, pero una mano extendida fue todo lo que necesitó para entender en aquel momento. Entre unos pocos ocupantes del bote le ayudaron a subir, luego notó cómo viraban levemente alejándose de la zona en la que había caído Amada; agotado, perdió el conocimiento.

Cuando lo recuperó, aquel bote estaba llegando al puerto de Penzance.

En tierra, Raimundo buscó entre las personas que se habían salvado del naufragio, pero no encontraba ninguna cara conocida, y tampoco aparecieron más botes por mucho que esperó con la mirada fija en el agua.

Pasó dos días en aquella ciudad pesquera al borde del canal de la Mancha, aguardando noticias. Varias veces al día se acercaba al puerto y, por fin, en las oficinas le dieron razón. Le enseñaron una lista de pasajeros y buscó ávido cuatro nombres. Allí estaban, en la lista de cadáveres rescatados: Isabel de Ulloa, Maite, Amada y Josechu Arriaga.

Raimundo se sintió extraño. Acababa de perder a su madre y sentía un inmenso dolor por ello, pero al mismo tiempo, en el fondo de su alma, sentía que en alguna parte del mundo debía haber un Dios y que después de mucho tiempo se estaba ocupando de él y de Francisca. Aquel hecho terrible en aquella tierra soñada le había liberado.

Podía volver a casa.

Podía buscar a Francisca.

Podían casarse.

No sabía que mientras él viajaba hacia Cornualles, la maquinaria de Josechu Arriaga había seguido funcionando a espaldas de todos. Desde las oficinas de Ulloa y Arriaga habían salido por correo las invitaciones del enlace de Raimundo Ulloa y Amada Arriaga, y una de ellas, en un alarde de cinismo desmesurado, había llegado a La Casona.

Aquella mañana, Francisca sí encontró una carta dirigida a ella sobre la consola y su corazón pensó que eran noticias de Raimundo. Por fin. ¿Quién si no podía escribirle? Pero no reconoció la letra y cuando abrió aquel sobre, la realidad cayó sobre ella como una losa. Aquello era la prueba física de que todo había acabado. Dentro de tres meses, Raimundo sería de otra. Y tenía la desfachatez de invitarla al enlace.

De nuevo la misma idea: se había equivocado con él. Toda su vida había pensado que era una buena persona, que amaba a un hombre íntegro, pero aquel silencio de las últimas semanas no podía mantenerlo un hombre bueno. Un hombre bueno habría escrito al menos para explicarle hasta qué punto habían cambiado sus sentimientos; le habría dicho que había decidido cambiarla por la herencia Ulloa. O por lealtad a sus padres. O por miedo. Habría sido duro, y aun así más fácil que aquella incertidumbre. De todas las formas posibles, había elegido la más cruel: el silencio.

A partir de aquel día, todo el dolor de los últimos tiempos fue sufriendo una metamorfosis y Francisca empezó a encontrar dentro de sí una fuerza desconocida que iba creciendo desde el estómago hasta su cerebro y notaba cómo iba colmándola de arriba abajo. Solamente una palabra se le ocurría para calificarle: *cobarde*. La repitió cientos de veces en su mente, como una jaculatoria que alcanzaba sus labios y murmuraba entre dientes, siempre con la misma cadencia. *Cobarde, cobarde, cobarde...* Y cuanto más la repetía, más iba creciendo aquella fuerza que la hacía caminar a paso firme, apretando los puños, a pesar de que aún sentía sobre su espalda el peso compacto del abandono y de un mundo que le daba la espalda. La ira iba ganándole terreno al desgarro y de ahí nació un incontrolable afán de venganza, que fluía por sus arterias, se instalaba en su corazón y lo atenazaba con una garra.

Respiraba intensamente mientras caminaba hacia un objetivo que en medio de su obsesiva repetición fue tomando una forma cada vez más clara en sus pensamientos. Acometió la última subida de la colina, llegó a la puerta y llamó: era la casa donde vivía Salvador Castro. Mientras esperaba, sintió un dolor punzante en las palmas de sus manos. Se había clavado las uñas hasta hacerse sangre.

—Aun a riesgo de que pueda pensar que me entrometo en asuntos que no me conciernen, déjeme decirle que usted no se merece ese trato —negó Castro quince minutos después mientras le servía una copa de coñac—. Tómela, le hará bien.

—Discúlpeme, no sé por qué he venido aquí a contarle mis penas —dijo levantándose.

—Quieta, quieta —casi susurró, y Francisca se calmó, igual que se calmó Jara cuando él la acompañó a casa desde La Traba.

—Estoy muy confundida, Salvador. No sé qué hacer.

—Mire en su corazón, Francisca. ¿Qué es lo que quiere verdaderamente?

Aquel hombre lograba crear un ambiente que movía a la confidencia. Su tono de voz y su cercanía la tranquilizaban y sentía la necesidad de sacar a la luz todo aquello que permanecía oculto en lo más profundo de su alma.

—Quiero que sienta el mismo dolor que siento yo. Quiero que pague por incumplir sus promesas. —Su rabia estaba saliendo.

—Eso tiene un nombre, Francisca. Y usted lo sabe. Dígalo. Se sentirá mucho mejor.

—Quiero... —dudaba si pronunciar la palabra, pero un leve gesto de él rompió la última barrera—. Venganza. Eso es lo que quiero.

—La venganza puede llevar toda una vida...

—Tengo tiempo, Salvador. Tengo tiempo —dijo con un recuperado brillo en los ojos.

—Déjeme ayudarla. Será mi prueba de amor.

—Sea, pues. Ayúdeme a vengarme de Raimundo Ulloa y de toda su maldita estirpe.

Por toda respuesta, Salvador acarició su mejilla, tomó su mano izquierda, le quitó el anillo de compromiso que Francisca aún conservaba en el dedo y lo reemplazó por uno nuevo que sacó de un cajón de su mesilla. Ella le dejó hacer. Luego, con un beso, los pactos quedaron sellados.

22

Liberado, Raimundo acudió raudo a Puente Viejo. Ni siquiera aguardó para preparar la repatriación del cadáver de su madre, que partiría en breve hacia las costas del Cantábrico, y de ahí a su Salamanca natal. Su primer destino fue La Casona. Tenía que explicarle todo a Francisca: hablarle de la amenaza de muerte... o al menos de una parte, puesto que seguía temiendo que Josechu Arriaga guardase algún as en la manga. Raimundo había desarrollado un miedo cerval al fantasma de aquel hombre, no podía evitarlo: se decía que Amada había muerto, pero que de algún modo él podía tomar venganza igualmente contra Francisca.

Raimundo no entendió por qué le recibió en La Casona Salvador Castro, pero el capataz de Arriaga enseguida le dio una explicación que a Raimundo le heló la sangre: Francisca Montenegro y él se habían prometido.

—¡Eso es mentira, Castro! —dijo alzando la voz.

—No lo es. Puedo jurarte que es absolutamente cierto: me caso con Salvador —dijo Francisca al tiempo que entraba en la habitación y permitía que el brazo de su futuro esposo le rodeara la cintura.

—Tienes que escucharme, Francisca. No es posible que pase esto. No hay nada que nos impida al fin estar juntos, ¿no lo entiendes?

Salvador rio de manera estruendosa.

—¿Está seguro, Ulloa? —Miró a Francisca, que sonreía ante la afirmación de Raimundo—. ¿No tienes que darle algo al señor Ulloa, querida?

—Claro que sí. Enseguida vuelvo —dijo saliendo hacia su habitación.

—¿Qué has hecho, bastardo? —le dijo a Salvador con la mandíbula en tensión y los puños apretados.

—Simplemente, coger lo que tú no supiste defender —respondió con la calma del vencedor.

—Tú no la amas.

—¿Y tú? ¿Ama acaso quien se va sin luchar? ¿Quien se retira en silencio?

—Tuve mis razones, Castro. Tú no las conoces.

—¿Crees que no? —preguntó con una siniestra sonrisa—. ¿Crees que no sé la verdad mucho mejor que tú, Raimundo Ulloa?

Raimundo volvió a sentir miedo. Arriaga ya no estaba, pero aquel hombre era un perro fiel. Probablemente había sido su brazo ejecutor, y seguiría siéndolo aunque su amo estuviera muerto. Y de pronto empezó a relacionar ciertos hechos con la presencia de Salvador: él estaba en Puente Viejo cuando el incendio de los trigales en el que murió Miguel y también acababa de llegar cuando aquel disparo derribó a Francisca. Aquel hombre había sido la mano ejecutora de las siniestras voluntades de Arriaga: el temido fantasma del socio de su padre había tomado una forma tangible y carnal en la figura de Salvador Castro. Y Francisca se había prometido con él. Se había metido en la boca del lobo.

La muchacha vino de nuevo a su encuentro, llevaba algo en la mano.

—Aquí lo tienes —dijo a la vez que depositaba en su palma el anillo de compromiso que había colocado la pasada noche de Reyes en el alféizar de su ventana—. Ahora puedes irte.

—Francisca, te estás equivocando. Tenemos que hablar. Él es el peligro —dijo señalando a Salvador, que respondió con una risotada que hizo a Ulloa sentirse ridículo.

—No sabes cuándo parar, ¿verdad, Raimundo? —replicó amarga—. No sabes cuándo debes hablar y cuándo debes callar. —Se giró hacia Salvador con una enorme sonrisa—: Agradecería tanto que acompañaras al señor Ulloa a la puerta, querido. Me está agotando su verborrea a destiempo, ¿lo harás?

—Con sumo placer, querida.

Aquel día no podía pelear más y, vencido, se fue sin esperar a que Salvador le escoltara a la salida.

Pasaban tristes los días en La Traba. Amargos. Padre e hijo compartían espacio, pero no el mismo dolor. Ramón cargaba con una extraña amargura por la ausencia de Isabel. Ahora que ella había muerto, se arrepentía de sus desplantes y pensaba en todas las cosas que dejó de decirle en vida. Día tras día, iba tallando el recuerdo de su esposa y formando una escultura desprovista de defectos. Raimundo, por su parte, no podía soportar la presencia de Ramón Ulloa; no quería hablar con su padre. Su mente solo buscaba la forma de llegar a Francisca para advertirla del peligro que corría, pero acercarse a La Casona era imposible y tratar de hacerle llegar una nota con Catalina como emisaria no funcionaría. Ella no querría hablar con él, aunque si no hablaba con ella, si no le contaba el peligro en el que se estaba metiendo, la perdería para siempre.

Y entonces empezó a vigilarla. A seguir sus pasos.

La conocía bien: no siempre estaría rodeada de gente. Sabía que buscaría sus momentos de soledad porque los necesitaba casi tanto como respirar, y él sabría encontrarla en uno de ellos. Solamente esperaba que no fuese demasiado tarde, que ese momento llegara antes de que se casara con aquel advenedizo de Castro. Esta vez, el destino jugó a su favor.

Una tarde, Francisca cabalgaba cerca del río. Raimundo la siguió de lejos hasta que la vio entrar en el chozo donde ambos se refugiaron de aquella tormenta. «Es una señal», se dijo. Aún había esperanza si buscaba aquel lugar para estar sola. Se acercó a hurtadillas y la encontró tumbada en el jergón, contra la pared, en postura fetal, como protegiéndose de algún peligro. Ella no le oyó hasta que cerró tras él la puerta, y entonces se giró. Cuando se incorporó rápidamente para tratar de huir, Raimundo se situó entre ella y la salida. No iba a permitirlo. No antes de hablar con ella.

—Vas a escucharme, Francisca.

—A destiempo, Raimundo. No puedes decir nada que me interese. ¡Déjame salir!

—¿Por qué vienes a este chozo, entonces?

Francisca se sintió pillada en falta. No tenía un argumento para rebatirle: los dos sabían por qué iba a ese lugar. La joven le dio la espalda, bajó la cabeza y lloró sin poder evitarlo. Él se acercó a ella y, suavemente, la giró para poder mirarla: anegados en lágrimas, aquellos ojos negros parecían aún más grandes. Ulloa sabía que no le escucharía en aquel estado y prefirió que se calmara. La abrazó muy fuerte y, como en el nogal el día de la muerte de Miguel, ella se refugió contra su pecho y dio rienda suelta al llanto. Él no decía nada, solo besaba su cabello y ella se dejaba hacer, sin fuerzas. Raimundo temía el momento en que ella se revolviera como un gato, sabía que lo haría, lo estaba esperando, pero en cambio Francisca continuaba refugiada contra él. Hasta que levantó el rostro, se miraron de nuevo, y la besó.

—Perdóname, mi amor. Sé que te he herido. Perdóname —decía sin parar de besarla.

—No dijiste nada. Solo te fuiste —replicaba ella entre sollozos.

—Te juro que te compensaré por todo. Dedicaré mi vida a que olvides este daño. Te lo juro. —Ella no decía nada, solo le devolvía los besos larga y cálidamente—. Siempre has sido tú, Francisca. Desde niños. Y siempre serás tú. Ya no puede haber más mentiras.

Y entre aquellas promesas de amor constante se entregaron uno al otro, como la vida no les había dejado hacer hasta entonces. Aquel chozo seguía sin ser el lugar ideal, pero en aquella ocasión ya no importaba. La magia la habían puesto el reencuentro y la intensidad de las sensaciones. Y Francisca volvió a encontrarse con las libélulas azules. Temía que de nuevo alguien entrara por la puerta de forma abrupta, pero ya daba igual.

Rai había sido suyo, y ella de él.

Poco a poco la luz del exterior había ido apagándose. A esos primeros besos llenos de urgencia habían seguido caricias pausadas, conversaciones entre susurros y una paz que ambos llevaban semanas sin sentir. Permanecían recostados muy juntos en el jergón cuando, en un giro, Raimundo notó algo duro bajo la paja y metió la mano debajo para sacarlo: era un libro, *La muerte de Arturo,* de Thomas Malory. Sonrió al verlo.

—¿Eso es lo que vienes a hacer aquí? ¿Leer?

Francisca asintió con la cabeza y al levantar la mirada, vio una sombra de tristeza en los ojos de Raimundo. No supo que era la sombra de un recuerdo: el del naufragio cerca de la mítica tierra de Tristán. Raimundo pensaba que aquella catástrofe le había permitido estar con ella en aquel momento y en aquel lugar, solos y felices…, pero no podía olvidar que a la vez había traído mucha desgracia.

—¿Qué te ha puesto triste de repente? —oyó cómo le preguntaba ella. Se forzó a responder:

—¿Te ha contado alguien cómo murió Amada?

—No, no he querido saber nada de ti... Y menos aún de ella.

—¿Quieres que te lo cuente ahora?

—¿Quieres hacerlo?

—Sí. Un día te prometí que no habría más secretos. Quiero que sepas toda la verdad. —Con un gesto, ella le hizo entender que podía hablar—. Murió ahogada. En un naufragio.

—¿Y qué tiene que ver eso con este momento? —Francisca no sabía dónde quería llegar Raimundo, ni por qué el nombre de Amada surgía en aquel escenario casi mágico del reencuentro entre los dos.

—Murió frente a las islas Sorlingas, Francisca. Junto a las costas de Cornualles. Donde se supone que se hundió Lyonesse.

Francisca se quedó sin respiración. Se había ido con ella a su viaje soñado. Había hecho con ella el viaje de luna de miel que era de ambos. Aquellos sitios que tenían que haber descubierto juntos los habría recorrido con ella, sin darse cuenta del daño que le hacía aquella violación de sus sueños.

Y las libélulas dejaron de volar.

Se quedó en silencio y al rato notó, por su respiración, que Raimundo había caído en un sueño tranquilo. Entonces se levantó muy despacio y estaba terminando de vestirse cuando él se despertó.

—¿Nos vamos ya? —preguntó confuso.

—No, me voy yo —dijo mientras abrochaba su pantalón—. Todo esto no ha sido nada más que un error.

—Pero no te entiendo. ¿Qué error? ¿Me vas a decir que lo que ha pasado ahora ha sido eso? ¿Un error?

—¿Me vas a decir que tu viaje a Cornualles con tu *prometida* fue eso? ¿Un error?

Raimundo entendió.

—Yo no reservé ese viaje, Francisca, lo hizo Josechu Arriaga. No podía decir que no. Era peligroso.

—Tú nunca puedes decir que no. Nunca has dicho que no. No te negaste a casarte con ella. No te negaste a hacer el viaje que íbamos a hacer juntos. Siempre han manejado tu vida, Raimundo. No eres más que un cobarde. Eso es lo que eres.

—Estaba bajo amenaza de Arriaga. Si no accedía a lo que él decía… —Raimundo se detuvo. No podía revelar la verdad. La vida de Francisca seguía en peligro.

—¿Qué? ¿Tu padre te iba a desheredar? ¿La desheredaría a ella? ¿A la tísica lánguida con la que ibas a casarte?

—No tienes ni idea de lo que hicieron.

—Ni me importa. Tú lo aceptaste. Me hiciste una promesa y la rompiste, eso es lo que cuenta. Y la rompiste porque eres un cobarde, Raimundo Ulloa.

Aquella idea de que Salvador tomaba lo que quería

volvió a apoderarse de los pensamientos de Francisca. Y veía sentado en aquel jergón a un Raimundo que, por el contrario, era incapaz de tomar incluso lo que se le daba.

—Sé que te he hecho daño. Perdóname, por favor. Empecemos como si todo esto hubiera sido una pesadilla.

—Jamás te perdonaré. Pedir perdón no cambia el daño que me has hecho. El perdón no cierra las heridas, Raimundo. Quedan las cicatrices. Y esas son para toda la vida.

Francisca soltaba como en una catarata de bilis todo lo que había guardado en su corazón desde que Raimundo se fue sin decirle nada. Lo había callado todo ese tiempo y ahora salía en forma de un odio hediondo e hiriente. El silencio podía pudrir el sentimiento más puro. Y eso le había sucedido a ella: la incertidumbre había sido el abono para que en su corazón empezara a germinar la semilla del rencor y de la venganza.

—Vas a pagar por todo el daño que me has hecho, Raimundo Ulloa. Tú y toda tu estirpe. Aunque tenga que dedicar toda mi vida a ello, vas a sufrir todo el dolor que yo he sufrido. Juro que lo haré por lo que haya de más sagrado. Lo juro por la memoria de mi madre y de mi hermano. Y lo haré hasta que no me queden fuerzas para abrir los ojos y saludar un nuevo día.

Raimundo no supo qué decir. Nada que hubiera dicho habría cambiado aquello. La vio irse en silencio, consciente de que había perdido para siempre a la mujer de su vida.

23

La tata Leonor estaba triste. Aquel tenía que ser un día feliz, pero ella era incapaz de poner en lo que hacía la alegría a la que estaba acostumbrada. Colocaba sobre la cama de Francisca un vestido blanco, el mismo que llevó su madre y que había limpiado y ajustado a la figura de la joven. Al lado, el mismo velo de blonda que Esperanza había lucido sobre un pelo tan negro como el de su hija.

Todo aquello estaba en el desván y cuando subió allí a buscarlo recordó las cartas escondidas: Francisca había vuelto a condenarlas al exilio. La tata subía algunos días y las leía aun sabiendo que no debía hacerlo, pero no podía evitarlo. En aquellas cartas estaba uno de los amores más puros, fuertes y sinceros que podían encontrarse. Aquel amor no podía acabar así. Habían pasado por demasiadas dificultades como para que Francisca y Raimundo no terminaran juntos, porque no tenía sentido que el destino pusiera un sentimiento semejante en el corazón de dos personas si no era con un fin perfecto. Sin embargo, ahora su niña iba a casarse con Salvador Castro. Aquel hombre del que apenas sabían nada, y que había entrado en La Casona con asombrosa facilidad.

Después de preparar todos los arreglos de la boda, la tata volvió al desván, recuperó aquella caja y la bajó a la habitación de Francisca. La dejó en un sitio bien visible. Por eso, cuando la joven Montenegro subió del desayuno y la vio sobre el tocador, su gesto cambió de una leve tristeza a otra profunda y sombría.

—¿Por qué has puesto eso ahí? —preguntó enfadada.

—Para que pienses, niña. Para que recuerdes y recapacites. En esa caja está la muestra de un amor que tú vas a matar.

—Yo no lo he matado, tata. No tenía que ser. Eso es todo.

—Y si no tenía que ser, ¿por qué ha vivido por encima de todo? ¿Por qué ha podido con todo lo que no le dejaba seguir? ¿Por qué ha matado para seguir adelante?

—No seas dramática, tata. No puede ser y ya está —dijo nerviosa—. Guarda esas cartas, por favor, y ayúdame a vestirme o no llegaré a mi boda con Salvador. Porque es Salvador con el que me caso. No con el que firma esas cartas de ese amor tan fuerte que tú dices.

—Tú no quieres a Salvador Castro, Francisca. ¿Por qué te casas con él?

—¿Qué sabrás si le quiero o no?

—Si le quisieras, me habrías contestado como una fiera que sí le quieres. —Francisca calló—. Piénsalo, mi niña. No creo que sea trigo limpio.

—Raimundo sí te lo parecía y mira lo que resultó. Y ahora que está solo, viene a buscarme. Demasiado tarde, ¿no?

—Es solo tu orgullo. Solo te casas con Salvador por orgullo. ¿Te das cuenta? Eso ha sido lo que más daño te ha hecho en tu vida. Y te lo seguirá haciendo.

—Ayúdame con el vestido, tata, por favor, y deja tranquilo el tema.

—Escúchame solo unos momentos. Después harás lo que quieras. Pero escucha a tu tata.

—¿No volverás a hablar de este tema si te escucho ahora?

Leonor creía poder convencerla, por eso aceptó aquella condición. La chica retiró el velo y se sentó a su lado en la cama, con su traje de novia a medio poner.

—Mira, niña. El amor verdadero es escaso, mucho más que el oro. Solo unos pocos bendecidos lo encuentran. Es un regalo que les da la vida porque son seres especiales. Tú naciste especial, Francisca. Naciste con la luna, estuviste a punto de morir y rompiste a llorar sola. Solo las personas muy especiales rompen a llorar solas, niña. La vida quería que vivieras porque te tenía reservado su mayor don: el amor de verdad.

Francisca la escuchaba en silencio, como siempre que la tata le contaba una historia. En eso no se había ido la niña: una historia la cautivaba y la tata lo sabía. Y prosiguió.

—Pero si no sabes reconocerlo y lo desprecias, lo pagarás. Porque cuando desprecias un don suyo, la vida te da la espalda. Así como te había protegido, ahora te castigará. Donde te dio amor, te dará lágrimas. Se ocupará de recordarte por el resto de tus días que despreciaste su regalo más valioso. De una u otra forma, no dudes de que lo hará. —Francisca se llevó con un gesto instintivo la mano a su vientre, pero permaneció callada—. Y no podrás huir. Tu vida ya no será lo que soñabas, sino lo que temías.

—La vida me ha quitado a Raimundo, tata, y me ha traído a Salvador. ¿No te parece bastante señal?

—No crees en lo que te he dicho, ¿verdad?

—No es más que otra de tus historias —dijo sin demasiada convicción.

—Si no es cierto, ¿por qué llevas al hijo de Raimundo en tu vientre?

Francisca comenzó a girar el anillo de compromiso en su dedo, sin saber qué contestar. Al final, solo dijo:

—Te prohíbo que digas nada de todo esto. ¿Me oyes? ¡Te lo prohíbo!

—Yo no diré nada. Lo sabes. Podrás ocultárselo al mundo, pero nunca a ti misma. Y cada día que lo mires, recordarás aquello que has despreciado.

—¿Vas a acabar de vestirme de una vez? —dijo sin saber por dónde salir.

—No —pronunció firme—. Te vistes tú sola. No tendrás mi ayuda para casarte con Salvador Castro. En nada.

Y salió de la habitación.

Francisca tuvo miedo del paso que iba a dar, porque la tata solía tener razón. La tuvo con las cartas de Raimundo que descansaban sobre aquel tocador, prolongando su duda. Abrió la caja y allí estaba aquel joyero que había enterrado entre los papeles. Tenía que hacer algo justo o la vida, como decía la tata, se lo haría pagar.

Y escribió, con su torpe letra.

Esta joya la tenía reservada para casarme contigo. Con mi verdadero amor. He de pedirte perdón por mis desplantes, por mi orgullo, por mi soberbia, pero aún no entiendo el rechazo pasado, cuando jurabas que me amabas sobre todas las cosas. Eso, amor, nunca te lo perdonaré. Pero aunque vaya a entregar mi vida a otro hombre, es justo que sepas que, fruto de nuestra entrega, espero un hijo tuyo. Tu hijo, Raimundo, y el mío…

Lo que estaba escribiendo era una rendición. Era perdonar todos los desplantes, era culparse por algo que ella no había hecho ni buscado. Cierto que era orgullosa, pero tenía sus razones y para ella eran válidas. Lo pensó mejor, dobló aquel papel, lo puso en la caja, dentro del joyero de la libélula, y se giró para colocarse el velo de novia.

24

Al otro lado de la colina, en La Traba, ni siquiera podían imaginar el secreto que guardaba Francisca. La mañana de la boda, Raimundo había tenido una amarga conversación con su padre. No trataban temas nuevos, lo que varió fue la actitud del joven Ulloa. No gritó. No se debatió cuando Ramón le dijo que debía quedarse para seguir adelante con los negocios. Simplemente, dijo que no.

—No voy a quedarme aquí, padre. No volví por ti, sino por Francisca. Madre y tú me separasteis de ella, así que ahora no me pidas que lo olvide todo. Me faltan fuerzas para quedarme contigo en esta casa y estoy seguro de que ya te encargarás de encontrar a alguien que vigile tus tierras.

—¿Me vas a dejar solo al frente de todo esto?

—Efectivamente.

—¿No te importa tu padre? —Ramón no daba crédito a

la frialdad con la que su hijo, su única familia, estaba hablando.

—¿Acaso te he importado yo a ti? La condición para quedarme fue Francisca y no la respetaste.

—Puedo obligarte a quedarte.

—No me hagas reír, papá. ¿Con qué me vas a chantajear? No hay nada que puedas quitarme ya.

—Tu herencia —dijo en un último intento.

—¿Crees que puede importarme?

Dejó a su padre sin argumentos y salió de la habitación.

Ramón Ulloa se había quedado sin armas: no podía esperar compasión de un hijo al que había arrebatado la esperanza. No había medido el alcance de sus actos ni contado con la voluntad de aquellos a quienes afectaban sus decisiones, y se equivocó al pensar que actuarían como él quería que lo hicieran. Había trazado su estrategia, pero la vida había puesto en su camino factores que no controlaba.

El dueño de La Traba no había previsto aquel giro del destino. Creía que su hijo siempre aceptaría sumiso sus órdenes, igual que él había aceptado las de su padre, pero solo el chantaje había hecho que Raimundo agachara la cabeza y ahora, Ramón no tenía nada con qué coaccionarle. El dinero no era lo suficientemente poderoso y él, al contrario que Arriaga, no tenía estómago para ordenar la muerte de

Francisca. «Y aunque la hubiera tenido —se dijo—, no habría servido de nada.» De una u otra forma, había perdido a sus hijos. También a su esposa. Estaba solo, como maldijo Enrique, y condenado a una exasperante inmovilidad.

Y escribió. En busca de una catarsis que pudiera liberarlo de la culpa y del dolor y ayudarle a pensar con claridad, vomitó en papeles todo lo que había hecho, ordenado hacer o consentido que se hiciera. Quería que Raimundo entendiera el porqué de sus actos, pero sobre todo quería entenderlo él mismo. Escribió durante horas, buscando una paz que no llegaba. Rechazó la cena que Catalina le sirvió y pidió que no se le molestara para poder poner en orden sus pensamientos conforme la tarde iba avanzando y empezaba a caer la noche.

Cuando terminó de escribir, volvió a leer aquellas cuartillas. Pero allí no estaba la paz: era el relato de una crueldad infinita, de una carencia de escrúpulos, de una ambición desmedida, que no habían traído nada más que dolor. Aquello era la crónica del horror. La obra de un cobarde. Y una idea surgió clara en su cabeza.

Cerró la puerta de su despacho con llave, abrió el cajón de su escritorio, tomó aquel frasco, rompió su precinto y bebió. Su sabor —a vino, clavo, canela y azafrán— siempre había sido agradable al paladar. El primer trago trajo consigo el conocido efecto de disminuir el dolor. El segundo, también familiar, un suave abandono de los miembros y una mullida nebulosa en su cabeza. Ramón no se detuvo ahí y de un solo trago apuró todo el contenido de la botellita hasta vaciarla, aun cuando sabía de sobra lo que pasaría. El doctor Salinas le había prevenido en reiteradas ocasiones contra la ingestión de láudano.

Su final empezó con un sueño profundo, que fue poco a poco parando todos sus músculos, hasta detener su corazón. No llegó a escuchar las campanas de boda que repicaban en todo Puente Viejo.

Su tañido alegre llegaba a La Traba, y cada nota hacía más profunda la tristeza de Raimundo. Sabía que no podía quedarse en La Traba, pero tampoco podía marcharse lejos: aun cuando verla con Castro abriera una brecha dolorosa y sangrante en su corazón, él debía seguir cerca; estaría allí por ella. Como no lo estuvo antes. Cerró una sola maleta y bajó hacia la puerta tras mirar una última vez a su alrededor. La puerta del despacho de su padre estaba cerrada y prefirió no despedirse. No quería escuchar más chantajes. No podía. No le quedaban más fuerzas.

Una vez dejó atrás el arco de olmos, el campo de Puente Viejo se abrió ante sus ojos. A lo lejos, La Casona, donde sabía que nunca más volvería. La vio al girar su vista hacia el camino: una calesa descubierta, tirada por cuatro caballos blancos. En su interior, la nueva señora de Castro.

—¡Señor Raimundo! ¡Señor Raimundo!

Una voz le sacó de su ensimismamiento y al darse la vuelta vio que Catalina corrió a su encuentro, así que deshizo el camino andado para llegar a su altura.

—¿Qué sucede?

—Don Ramón, señor. Está en su despacho. Creo que no respira.

Regresó a La Traba corriendo. Habían derribado la puerta del despacho de Ramón al ver que no contestaba, y Raimundo vio a su padre caído sobre la mesa del despacho, de bruces. Fue hacia él y lo incorporó. Estaba muerto. Sobre la mesa, una botella de tintura de Láudano vacía. Y a su lado un sobre con el nombre de su hijo.

—Que alguien busque al doctor Salinas. Seguramente estará en la boda de La Casona. Que venga cuando pueda —dijo triste—. Ya no hay prisa.

Luego se sentó en uno de los sillones de cuero del salón y comenzó a leer. En aquella carta estaban las claves de todo cuanto él mismo no había entendido en muchos momentos de su vida, un arrepentimiento inmenso por todo el mal infligido y por la cobardía. La última frase de aquella carta se quedó grabada en la mente de Raimundo. «Los cobardes mueren solos», decía. Su padre había muerto en una terrible soledad, aunque su único hijo estuviese en el piso superior de la casa. Ahora, él era el último de los Ulloa. Estaba atrapado en aquel pueblo, se quedaría por siempre en La Traba, y también estaba solo.

Miró la botella de brandy a su lado. Se sirvió un dedo y lo tomó de un golpe seco. Luego volvió a llenar el vaso. Esta vez, hasta casi el borde.

25

—¡Vamos, niña! ¡Empuja! ¡No pierdas fuerzas en gritar! Este muchacho no quiere estar ahí dentro. ¡Ayúdale! —decía la tata.

—¿Cómo sabes que es un muchacho?

—No preguntes y empuja. ¡Demonio de niña, perdiendo fuerzas en preguntar! ¡Empuja! ¿O eres una lánguida que no va a poder parir a su hijo?

Aquel reto fue la espita que disparó a Francisca y en un último esfuerzo ayudó a que su hijo asomara la cabeza y luego el resto de su rechoncho cuerpecito. La tata dio dos azotes al bebe, mientras lo mantenía boca abajo y su llanto quebró el silencio que se había hecho tras los gritos del parto.

—¿Ves como es un macho? Tu tata nunca se equivoca —dijo poniendo al bebé sobre el pecho de su madre.

Fue hacia la puerta y vio a Enrique, apoyado contra la

pared del pasillo, con Eduvigis a su lado. Aquella escena trajo a su memoria el día en que Francisca vino al mundo y notó las ausencias.

—Ya puede pasar, señor —dijo la tata—. Todo ha ido bien.

Salvador estaba ausente. Francisca parió a su hijo con la única compañía de la tata y la posterior atención de su padre y su hermana. Su verdadera familia, a la que ahora se sumaba aquel niño que lloraba reclamando su lugar en el mundo. Era cierto que no se esperaba aquel parto para tan pronto, pero también lo era que aunque hubiera llegado a su tiempo, Salvador podía no estar en casa, como casi siempre, de hecho. Francisca se había sentido sola en los siete meses que llevaba casada. A partir de hoy, al menos, tenía a su hijo para llenar sus horas.

—¿Y cómo vamos a llamar a este caballerete? —preguntó Enrique.

—Tristán —contestó Francisca, abrazando al pequeño contra su pecho—. Tristán Castro Montenegro.